COLLECTION FOLIO

Aux mêmes,
cela va sans dire.

Celui qui mène la vie du bureau est *burelain,* comme est *châtelain* celui qui mène la vie de château : il est à la fois l'hôte et le maître de domaine, dont il est aussi l'esclave et le partisan.

ALFRED SAUVY,
Bureaux et Bureaucratie.

Je ne puis souffrir le passé.
Non, non ! Je n'aime pas du tout me retrouver en esprit sur les voies anciennes de ma vie.

PAUL VALÉRY.
(Propos me concernant.)

— Quelle affaire te désagrémente ? se demanda, tout haut, Frédéric.

Il lui arrivait parfois, dans l'éparpillement du réveil, surtout quand un point d'angoisse l'avait un peu travaillé, de commettre quelque méchant néologisme, dont il se repentait presque aussitôt. Au plus amer de la nuit, un cauchemar suranné, une vieillerie des profondeurs l'avait entrepris. Il s'était cru délivré, pourtant, de cette vision étreignante d'un enfant, qui lui ressemblait beaucoup, enseveli dans une cave, parmi une confusion de choses insondables qu'aucun rêveur n'aurait su dénombrer...

Il avait surgi de l'abîme, le cœur désarroyé : « Je ne devrais pas m'inquiéter d'un songe... » Mais le songe était né de son inquiétude.

Aurait-il échappé à cette plongée morfondante si, avant de s'endormir, et par manière de propitiation, il avait respiré une strophe ou deux de son poète préféré ? Mais, pour une fois, Patrice de la Tour du Pin était resté dans l'appartement, et Frédéric avait dû se satisfaire de cueillir, au hasard du médius, trois vers funèbres de Jean Lemaire de Belges, dans sa petite anthologie de chevet :

Soit le jour noir, la lumière ombrageuse,
Le temps obscur de noirceur outrageuse,
L'air turbulent, le ciel teint de bruine...

Il se leva, soupirant, et fâché que son premier jour de travail fût placé sous ces lugubres auspices. Que n'avait-il rêvé qu'il prenait son envol ! Ou plutôt, car c'était son mode de déplacement surnaturel, qu'il courait en plein ciel, au ras des cimes, à longues foulées dansantes...

Il quitta sa chambre, toujours oppressé, et descendit dans l'appartement. Convaincu, cependant, qu'une occasion si solennelle exigeait un surcroît de toilette, il se rasa à écorche-menton et se lotionna les cheveux, qu'il s'abstint, toutefois, d'aplatir. Quittée la salle de bains, l'odeur du pain grillé lui fit grand accueil : sa tante, déjà levée, préparait le petit déjeuner. Chère Mamitate ! Elle avait disposé sur le fauteuil le costume, la chemise fraîche repassée qu'elle jugeait les mieux appropriés au nouvel état de son neveu. Il fit la moue, sans laisser de s'attendrir. Depuis combien de temps avait-il cessé de porter une cravate ? Huit ans ? Neuf ans ? Il s'attrista : dans sa tête, un bout de film s'était déroulé, une séquence noire et rouge, pleine de larmes et de cris suffoqués...

Attablé devant son bol de café pur et ses tartines enrichies de confiture d'abricots, Frédéric ne se déridait pas, ou plutôt, les rides n'étant pas son fort, il se laissait dériver au fil d'une eau maussade où son cœur naufrageait. Avait-il tant besoin de se convaincre qu'il lui fallait, d'impérieuse nécessité, devenir, comment dit-on, un « membre actif », lui qui, sans le moindre état d'âme et « n'ayant aucun emploi qu'à passer une vie douce et innocente », jouissait, obscur mais bien accommodé, des bonheurs choisis de la passivité ? Il pouvait encore renoncer : rien, aucun homme, sinon lui-même, ne l'obligeait à devenir un personnage appointé de la comédie sociale. C'était aussi le sentiment de Mamitate, qu'elle gardait pardevers soi.

Mais non. Aurait-il pu faire cet affront au Prince Pelée, devant qui toutes portes s'ouvraient, et grâce à la recommandation duquel le nommé Frédéric Mops s'était mué en un rouage essentiel, ou plutôt, n'exagérons rien, un écrou sans ailettes de la machine économique ? Allons, finis ta tartine, plie ta serviette, il faut y aller.

Il boutonna son col et noua sa cravate avec une dextérité sans faille : c'était un signe. Devait-il mettre son pardessus ? « Mais si ! Ouvre la fenêtre, et tu auras une idée de la température. »

Mamitate accompagna jusqu'à la porte son neveu transi de pâle incertitude : « Au revoir mon petit. »

Elle se retint de lui dire : « Travaille bien. »

Dehors, Frédéric ne recouvra le moindrement son âme légère. Il lui sembla que le ciel, dans l'impatience de la neige, épousait toutes les nuances du gris, comme pour composer à son intention le camaïeu de la mélancolie. Il faillit à revenir sur ses pas, et aussitôt s'emporta contre lui-même : de quoi aurais-tu l'air ? Sous la bise, un vers de La Tour du Pin perça : « Il souffle un vent de toute beauté sur l'Enfer. » Frédéric était souvent accosté par ce poète auquel, en secret, il s'était affectionné l'année même où La Tour du Pin s'était enfoncé dans le sable mémorial. Ce fut une mort sans importance. Tout occupé à façonner un décret qui lui permît de parquer les amateurs de cochoncetés dans des salles sans aération, le secrétaire d'État à la Culture, qui avait beaucoup pleuré sur la dépouille de Joséphine Baker puis sur celle de Jacques Charron, ou inversement, n'eut pas une larme pour le voyageur aux bagages de brume.

Frédéric secoua la tête et s'engonça dans son pardessus : il n'était pas un « enfant de septembre » éprouvant « la brûlante volupté de ses membres », mais un pauvre bougre de février, marchant d'un pas plutôt lourd vers son premier emploi.

Rebelle aux abréviations, Frédéric ne prenait jamais le métro, mais, rarement toutefois, le métropolitain. Quand, au terme d'une promenade très urbaine à demi rêvée sous l'invocation de Jean-Jacques Rousseau, il s'était à ce point étrangé de son quartier qu'il n'aurait su retrouver ses traces, la première station lui convenait ; avec le temps et un peu d'entraînement théorique, le jeu des correspondances lui était devenu familier. Attentif seulement aux arrêts de la rame, il ne prenait garde à personne.

Il ne savait pas que les usagers du matin se consumaient de tristesse dans leurs vêtements de travail. Aurait-il lui aussi, un jour trop prochain, ce visage de plâtre écaillé, ce regard tourné vers le vide des steppes intérieures ? On le bousculait, on lui froissait les épaules de bourrades meurtrières, on le tympanisait avec rage : « Quel ahuri celui-là ! », « Ne restez pas devant la porte si vous ne descendez pas ! » Mais une jeune femme se retourna pour lui sourire.

Tu vas jusqu'au bout, tu prends l'autobus, ne te trompe pas, tu descends au troisième arrêt. Tant le flux précipité le roula, l'emporta, qu'il s'imagina marcher au-dessus du sol. Il se retrouva, par chance, à la bonne sortie.

Devant l'immeuble de verre et d'acier qu'il avait un peu découvert huit jours plus tôt, Frédéric balançait. Devait-il franchir le seuil principal, ou bien une entrée était-elle réservée, plus discrète, au Personnel ? Il aperçut « son » hôtesse dont la main charmante lui faisait signe, et il n'hésita plus. Demain, c'était sûr, objet vêtu de gris et sans prestige aucun, il commencerait de s'étioler dans l'anonymat. Mais pour lors, tel un visiteur de haut parage, M. Frédéric Mops jouissait du privilège d'être mis en bonne voie par un guide parfumé ; un peu trop...

— Je vais vous conduire au Personnel, après je reviendrai vous chercher pour vous emmener dans votre service...

(« Douce voix, flexueuse, charmeresse, tu me fais frissonner. »)

L'hôtesse, déjà, lui parlait sur ce ton d'affectueuse condescendance dont les femmes, quel fût leur âge ou leur état, usaient volontiers avec lui.

— C'est un vrai dédale, mais vous verrez, on s'y fait rapidement...

Ils croisèrent, jaillie, eût-on dit, d'une porte vitrée, une jeune personne tintinnabulante d'amulettes qui sourit, machinale, à Frédéric ; puis un comptable de petit format qui passa sans les voir. L'œil au firmament, il portait dans ses bras demi tendus deux lourds dossiers fermés de sangles ; tout son être sacerdotal et grêle semblait voué à la gloire divine de la balance carrée.

— Je vous laisse... à tout à l'heure...

Frédéric eut l'impression d'entrer dans un lieu dès longtemps familier. Le lundi précédent, la ronde et même personne l'avait accueilli, et à l'instant qu'ils se reconnurent, l'un et l'autre se rappelèrent l'embarras où ils s'étaient vus : Frédéric avait oublié le nom du Responsable sous la baillie duquel il devait travailler et ne l'avait retrouvé qu'en se prêtant au jeu des associations.

— Alors, vous voilà des nôtres ? Votre entrevue de l'autre jour, avec M. Tourny, ça s'est bien passé ?

— Aussi bien, je pense, qu'il était souhaitable...

— Vous devez avoir très chaud dans votre pardes

sus... mettez-vous à l'aise... Je crois me rappeler que nous n'avions pas fini de remplir notre dossier...

(« Pourquoi dit-elle “ nous ” puisque c'est moi seul qui... ? »)

Il ressentait une tendresse spontanée pour cette vive quinquagénaire aux rondeurs amènes. Il crut la voir, dans sa cuisine, nourrissant de bœuf à la ficelle un bonhomme bien endenté.

— Vous ne seriez pas un peu rêveur ? Cela peut vous jouer des tours... surtout ici : ici ce n'est pas l'endroit pour rêver...

— Ça on peut le dire, ajouta l'une des employées, petite, grassette, avec une coiffure en battant-l'œil.

— Tenez : vous avez laissé en blanc la rubrique « Derniers emplois »... Ne vous mettez pas martel en tête pour retrouver les dates précises, indiquez seulement les années...

Frédéric avait pris conseil de sa tante : impossible, sinon sous peine de raconter sa vie, de confesser quasi publiquement qu'il n'avait jamais travaillé. Mamitate releva les raisons sociales de quelques entreprises verticales où son neveu avait prétendument occupé un poste d'employé administratif, deuxième ou troisième échelon.

— On te demandera peut-être de fournir des certificats, tu verras bien...

Quant au « motif de départ », la froide conjoncture le lui procurait : Frédéric s'était retrouvé sur le trottoir glacé du chômage à la suite d'une « compression d'effectif ». Ce genre d'expression ne figurait pas dans son lexique intime, il faudrait qu'il s'y fasse.

— Au moins, dit la dame du Personnel, on n'a pas besoin de se tuer la tête pour vous déchiffrer, vous avez vraiment une belle écriture... J'aurai besoin de votre dernier certificat, pour la bonne règle... enfin ce n'est pas pressé... et puis avec la recommandation que vous avez... Trente-quatre ans... je n'en reviens pas, on vous en donnerait facilement six de moins...

— Facilement, renchérit la deuxième employée, pâle, héronnière, grosse natte.

— Bon, pour l'instant vous en avez fini avec moi... Ah non ! j'oubliais le principal, enfin presque. Voici un exemplaire de la convention collective, et le règlement intérieur... Attendez, je souligne votre qualification... voilà... Je vais vous demander une signature... Merci... Bien, je téléphone pour qu'Aline vienne vous chercher.

— Aline, c'est le prénom de l'hôtesse ?

— Oui... Aline Mercier... Elle aura bientôt une plaque avec son nom sur son bureau, c'est ce que veut la Direction. C'est curieux, je crois que ça ne lui plaît pas tellement...

L'hôtesse reparut. (« Aline, Aline, prenez ma main, emmenez-moi où vous désirez. »)

— Je vous conduis chez vous, disons plutôt chez M. Tourny.

Deux étages plus haut, le service « Organisation et Méthodes » occupait quatre pièces en enfilade, allant des numéros trente-huit à quarante et un. Aline toqua deux coups secs au trente-neuf et ouvrit la porte sans attendre qu'on la priât d'entrer

— Bonjour... Ah, monsieur Campas... M. Tourny n'est pas là ?

— Il est en stage... Je devine que vous nous amenez M. Mops...

Frédéric réprima une grimace : M. Campas, glabre, olivâtre, court-chevelu, portait, hélas !, une gourmette à gros maillons au poignet gauche. Le port de ce vain bracelet était-il obligatoire ?

— Je vous remercie mademoiselle (dit Campas), je vais m'occuper de M. Mops.

— Devrai-je le conduire à la can... au restaurant d'entreprise ?

— Oui, volontiers, d'autant plus que je déjeune à l'extérieur. Le mieux est que M. Mops passe vous prendre vers midi et demi.

M. Mops, est-ce bien moi ? pensa Frédéric.

Aline aux suaves inflexions sortit du champ, et Frédéric, son pardessus sur l'épaule et le front nubileux, se laissa mener au quarante et un, qui lui était affecté.

— J'aime mieux vous dire tout de suite, prévint Campas, que vous allez avoir une surprise : ce n'est pas une pièce ordinaire...

Frédéric ne vit rien de très étonnant, sinon que le bureau était ancien, ainsi que le meuble aux petites portes vitrées qui enfermait une quinzaine d'ouvrages à couverture grise.

— Ce n'est pas très moderne, non ? On pourrait dire même que c'est antique... Vous voyez cette chaise au fond ? Personne n'a pu l'identifier. Nous avons un moment pensé qu'il s'agissait d'une sorte de prie-Dieu.

— C'est une caquetoire (dit Frédéric).

— Vous dites ? Une caquetoire ? Comment le savez-vous ? Vous en avez chez vous ?

— Nullement, c'est même la première fois que j'en vois une. Mais elle me semble répondre avec une grande exactitude à la définition que donne le Dictionnaire : « Chaise basse à dos très élevé et sans bras. »

— Voilà qui va plaire à Tourny... Figurez-vous que ce mobilier appartenait à notre père fondateur. Défense de le bazarder. Pour le président actuel, qui est de la famille, ce serait comme si on vendait la caméra de Méliès... Le grand ancêtre est venu travailler tous les jours, dimanche compris, jusqu'à un âge très, très avancé, quatre-vingts, quatre-vingt-deux... On dit qu'à la fin sa secrétaire l'emmenait faire pipi... Je vais vous montrer une autre pièce de musée...

Du tiroir, au bas du meuble, Campas extrayit un lourd objet de cristal aux mille facettes qu'il déposa sur le bureau en affectant un soin révérentiel.

— L'encrier primordial... Décoratif, mais encombrant.

— Il est très beau, murmura Frédéric.

— Vous trouvez ? Rien n'interdit de vous en servir, sauf peut-être la peur du sacrilège. Je crains aussi que nous ne manquions de crédits pour l'achat de porte-plume... Je m'excuse, je dois vous laisser, nous nous reverrons plus tard... Lisez la convention collective en attendant... Ah, vous avez aussi le règlement intérieur ! C'est un incunable, je vous en reparlerai...

Frédéric eut grand-peine à rameuter ses pensées. L'envie qui l'avait point, tout à l'heure, de jouer des jambes, s'était dissipée. Au contraire, il se sentait très disposé à embrasser sa tâche avec ferveur. Le bureau lui plaisait. Toutefois, il doutait d'y pouvoir travailler sans se donner beaucoup de relâche. C'était un lieu, lui parut-il, assez propre aux évasions mentales dont il avait le goût exclusif, plutôt qu'au labeur incessamment soutenu : impression du premier jour que le train des choses contredirait certainement.

Il vit avec plaisir qu'il disposait d'une armoire personnelle où ranger ses vêtements, et d'un petit lavabo : somme toute, il était chez lui. Avant de s'absorber dans une lecture édifiante entre toutes, il alla considérer, à travers la vitre, les titres des ouvrages sous leur grise couverture. C'étaient des livres d'une grande et pure utilité, parmi lesquels un précis d'organisation dû au talent constructif de M. Tourny. J'entre au service d'un expert, pensa-t-il.

Les textes administratifs n'avaient pas la vertu d'enivrer Frédéric. Aussi se laissa-t-il vaguer hors des lignes, par les voies dévoyantes de la rêverie. L'image pressante d'Aline tantôt s'imprimait en filigrane, tantôt flottait devant ses yeux charmés. Quand viendrait l'heure de déjeuner ? Il fit quand même un assez grand effort d'application pour assimiler — mais non, il ne retiendrait rien — les articles de la convention collective jusqu'au paragraphe où se détachait (soulignée) sa qualification : technicien deuxième échelon. Quelle technique était-il censé posséder ?

Dans la pièce voisine et vide qu'il avait tout à l'heure traversée, la sonnerie du téléphone retentit. Il se leva, moins dans le dessein de répondre que pour faire cesser cet appel importun. La voix d'Aline — ah ! plus mélodieuse encore ! — le transporta :

— Alors, que faites-vous, je vous attends !

— Je vous prie de m'excuser, j'étais absorbé dans la convention collective...

Elle rit : ah ! ce rire si perlé, si...

— Allons, ne plaisantez pas ! La convention collective ! Je vais vous croire ! Bon, descendez vite...

Aline l'accueillit à la porte de l'ascenseur et le repoussa d'une pression légère à l'intérieur de la cabine :

— C'est au sous-sol que ça se passe.

Ils abordèrent au « restaurant d'entreprise » qui fonctionnait suivant le principe du « servez-vous vous-même ». L'hôtesse mit dans la main de Frédéric cinq tickets de couleurs différentes :

— Vous me les rendrez plus tard... Le ticket bleu c'est pour l'entrée, le rouge pour le plat de résistance, le blanc... Vous ne m'écoutez pas. Vous me regardez mais vous ne m'écoutez pas... Je vais vous laisser vous débrouiller...

— Je vous ai contrariée ?

— Mais non, voyons...

Ils durent, pour gagner une place vacante, traverser la salle sous des regards biais. Frédéric pensa trébucher dix fois et répandre sur quelques têtes peu consentantes la marmelade de pommes ou la fluctuante sauce gribiche. Sitôt assis, il baissa la tête vers sa salade de betteraves et demeura muet comme un francolin pris. Aline lui toucha la main, compatissante :

— Vous devez avoir faim...

— Oui, j'ai une faim canine, laissa-t-il tomber, boudeur.

— Canine... Ah bon... Vous savez que vous excitez la curiosité ? Il fallait s'y attendre. On dirait bien que ça vous gêne...

— Je souffre mal d'être observé, cela me transit.

— C'est amusant votre façon de parler : vous employez tout naturellement des mots... enfin, des tournures pas très courantes quand même... un autre on dirait : il frime, mais vous ça vient comme ça...

— Je n'ai pas le sentiment que ma... ma façon de parler soit si contraire à l'usage courant que je ne puisse être entendu...

Elle rit, la main contre sa bouche :

— Là, vous le faites exprès ! Dommage que vous transisiez comme vous dites, je vous aurais montré quelques personnes intéressantes, discrètement bien sûr. Juste derrière vous, par exemple, il y a la secrétaire du président. C'est quelqu'un ! Et d'une rosserie ! Elle peut dire du mal de tout le monde autant qu'elle veut : elle est intouchable. Surveillez vos paroles le jour où vous vous trouverez à sa table.

Frédéric ne daigna pas glisser un œil vers cette « donneuse de dictons » assurée de l'impunité. La babillerie d'Aline lui était importune, et il eût aimé qu'elle enrubannât de quelques vives métaphores ces charités d'arrière-cuisine.

— C'est le temps de la prose, soupira-t-il.

Elle s'éberlua :

— J'ai l'impression que je ne vais pas m'ennuyer avec vous... Du moins tant que je serai là...

Qu'avait-elle voulu dire ? Tout occupé d'Aline, les paragraphes du règlement intérieur lui parurent manquer de chatoyance. Il releva cependant quelques sèches instructions dont il pourrait, à contrario, faire son profit. Sur le dernier coup de quatre heures, Campas surgit, en corps de chemise, cravate dénouée, et s'assit hardiment sur la caquetoire.

— Je suis venu caqueter un peu avec vous... Avant j'hésitais à poser mes fesses là-dessus, mais maintenant...Vous vous êtes bien imprégné du règlement intérieur ? Il ne faut pas tout prendre au pied de la lettre, ça date, ça date beaucoup, et d'ailleurs tout le monde s'en balance y compris les syndicats... Je vais vous dire : ce document remonte lui aussi aux premiers temps de la société, il y a eu quelques amendements au début des années soixante, et depuis on n'y a plus touché : le président ne veut pas qu'on ravale ce monument historique. « Laissez les choses en l'état », c'est sa phrase. Il ajoute quelquefois : « Y compris les fautes de français ». Très à cheval sur la grammaire, le grand patron... Vous en avez trouvé, vous, des fautes de français ? Nous, pas.

— Il y en a quelques-unes, dit Frédéric, et assez flagrantes...

— Ah oui ? Vous pouvez me les faire voir ?

— Ici, par exemple : « ... pallier aux défaillances du système de sécurité... » Pallier est un verbe transitif direct...

— Admettons... Mais on dit aussi « pallier à ».

— On ne devrait pas. Et puis pallier n'a jamais eu le sens de remédier ou d'obvier... En voici une autre : « ... qui ressort à la compétence du chef de service... »

— Je ne vois pas...

— Il faut dire et écrire : « qui ressortit à »...

— C'est juste, maintenant que vous m'y faites repenser... Est-ce là tout ?

— Celle-ci encore : « ... dans le but de réduire les risques au maximum... »

— Oh, mais tout le monde dit « dans le but » ! Et ce n'est pas d'hier ! Je me souviens de l'avoir trouvé chez Balzac...

— C'est un fait. Je ne l'emploie pas mais je n'en suis pas contristé. C'est la suite qui me désole : on ne réduit pas les risques au maximum, on les réduit au minimum.

— Oui... mais c'est du chipotage, tout le monde comprend ce que cela veut dire... Vous avez un œil de censeur, il va falloir que nous nous surveillions...

Je me demande si j'ai bien fait de jouer les Vaugelas, pensa Frédéric. Il haussa les épaules ; après tout...

Faisant fi des incorrections du texte essentiel, il se

contenta de prendre bonne note du paragraphe où il était dit que les membres du personnel devaient avoir une tenue correcte, ce qui n'impliquait pas que la cravate fût obligatoire : demain, il n'en porterait pas.

Le lendemain fut assez rude, le matin surtout. Frédéric fut mandé — par surprise, maugréa-t-il — au service médical, où il se rendit, le cœur entre les dents. Depuis fort longtemps, jouissant, selon son expression, d'une santé de crocheteur, il refusait de consulter, même quand Mamitate l'y pressait, les jours où il disait souffrir non point de migraine, mais de céphalalgie. Il justifiait cette pédante distinction par la raison qu'une migraine ne peut intéresser que la moitié du crâne.

Tandis qu'il se déshabillait dans la cabine, la porte s'ouvrit brusquement et une maritorne en blouse blanche lui tendit un flacon : « Dépêchez-vous ! Pissez là-dedans ! » Elle ne m'aime pas. Que lui ai-je fait, pensa-t-il.

Il se rasséréna un peu sous les questions douces de la doctoresse. (« Je crois que l'on ne dit pas " doctoresse ". Au fait, pourquoi ? ») Ce point de vocabulaire l'occupa, tellement qu'il oublia d'être saisi d'angoisse quand vint le moment de la prise de tension.

— Treize huit... C'est parfait, vous vous maintenez bien...

Ce devait être un compliment. La suite le désappointa. Il fut soumis à ce qu'il avait, dès l'entrée, redouté. Il revécut avec tristesse une scène d'autrefois, dans un vieil hôpital, quand sous la baguette d'une ophtalmologiste vinaigrée il n'était parvenu à déchiffrer que les grosses lettres, comme aujourd'hui.

— Je ne vous apprendrai pas que vous êtes très myope... Je ne crois pas que vous portiez des lunettes : c'est par coquetterie ?

— Nullement, madame.

— Quoi qu'il en soit, je vais vous donner l'adresse d'un centre, pour un examen plus approfondi. Allez-y, après on vous fera de belles lunettes... Vous verrez, cela vous ira très bien...

(« Je n'irai pas ! Je n'irai pas ! »)

Pour l'achever de peindre, Frédéric dut laisser l'assistante (« elle a des joues de capendu ») prendre la mesure de sa capacité thoracique.

— Quatre litres... ces citadins, ça ne sait pas se servir de leurs poumons... Vous devriez faire un peu de jogging.

— Je veux bien, chaque matin, m'adonner à la trottine, comme font les Québécois, mais je laisse le jogging aux enragés du franglais.

L'on s'entre-regarda : ce garçon myope à faible contenance d'oxygène devait être surveillé.

Il se rhabilla avec emportement : que n'avait-il trouvé les mots qui l'eussent dispensé de cette formalité fâcheuse ! Quoi, fallait-il avoir des yeux de loup-cervier et un souffle de skieur finlandais pour devenir un employé de bureau ! « J'aurais dû faire valoir que je suis entré chez eux — mais je vais partir! — sur la recommandation de l'actionnaire principal! Quand je le verrai... » Cette fois, il s'en voulut à lui-même de s'abandonner à cette sorte de pensées.

L'après-midi, la dame du personnel le convoqua pour lui vendre des « tickets-restaurant » et surtout — hélas! — pour lui remettre, contre signature, un carton de pointage.

— Nous pratiquons l'horaire flexible, sur trente-neuf heures... Vous en avez certainement l'habitude...

— Oui, madame, acquiesça-t-il.

Toutefois elle jugea indispensable, « pour la bonne règle », de lui remettre une notice explicative. « Pourquoi, se demanda-t-il, ceci ne figure-t-il pas dans la convention collective? » Il retint que moyennant de savoir distribuer son temps de travail mercenaire, il pourrait, le vendredi, quitter l'entreprise beaucoup plus tôt. Tourny, Campas, et deux autres « cadres » qu'il ne connaissait pas encore, étaient-ils assujettis à l'obligation de pointer? Il n'osa poser la question.

Après quoi, et sans débrider, il fut expédié chez M. Barral, psychologue, plaque à l'appui.

— Il me semble que nous nous connaissons...

— Je ne crois pas, monsieur.

— Vous ne vous êtes pas trouvé au Quartier latin, dans un moment assez chaud?

Fallait-il mentir? Il mentit :

— Je n'ai jamais hanté le Quartier latin quel temps qu'il fît.

— Je dois me tromper... Pardonnez-moi, vous avez pu croire que ce préambule était fait pour vous mettre à l'aise : je croyais vraiment vous reconnaître... Bon, venons au fait. Tout d'abord, il me faut un spécimen de votre écriture.

— Pour la bonne règle, je suppose.

— C'est surtout pour que votre dossier soit complet... Bien sûr, nous pourrions vous en dispenser puisqu'en tout état de cause vous faites déjà partie du personnel.. Je vais vous lire un texte, plus rapidement qu'il n'est d'usage... Rassurez-vous, c'est une dictée toute bête, sans aucun piège, d'ailleurs nous ne tenons pas compte des fautes d'orthographe... voici une feuille... Je commence..,

— Je n'ai pas de stylographe.

— Excusez-moi : prenez ce stylo-bille.

(« L'on dit " veuillez m'excuser ". Ce bonhomme atrachèle se croit-il tant supérieur ? »)

Frédéric s'acquitta de cet enfantillage dans la colère et la fébrilité, et ne reconnut pas son écriture, « Tant mieux, on va me prendre pour un gibbon, cela me convient. »

Suivirent deux épreuves qui l'accablèrent d'humiliation. Il se vit incapable, sous l'effet de l'énervement (mot impropre mais consacré par l'usage), de venir à bout d'une série double d'exercices élémentaires. Autrefois, pourtant, il n'était rien moins que malhabile à désosser des fractions. Dans cette pièce funèbrement nue où il transpirait sur des chiffres glissants, il crut percevoir un concert de brocards enfantins.

Mais après la honte, l'heure de gloire, qu'il goûta modestement. M. le psychologue le mit au fait :

— Nous allons maintenant faire un test de haut niveau.

(« Pourquoi dit-il " nous " puisque c'est moi seul qui... ? »)

Il n'éprouvait aucune sympathie pour ce personnage suffisant. Que faisais-tu, psychologue, au temps chaud, dans le Quartier latin ?

— Il s'agit d'un test de vocabulaire assez long. Trois cents mots dont il vous faut retrouver la bonne définition : une chance sur trois. Vous avez une demi-heure. Je ne veux pas vous décourager, mais je peux vous dire quand même qu'il est presque impossible d'aller jusqu'au bout, à moins de compter sur le hasard. .

Où gisait la difficulté ? Qui pouvait croire qu'une berme était un oiseau de mer ? Ou qu'une conchite avait le moindre rapport avec une tortue d'eau douce ? Ou qu'un bétyle était un porte-bonheur taillé dans une défense de morse ? Etc. Tout cela était enfantin. Frédéric retrouva au passage quelques vieux fripons, tels que la crapaudine qui n'est pas le nom spécifique de la femelle du crapaud-buffle, mais une plaque destinée à arrêter les ordures à l'entrée d'un réservoir. Quand il hésitait, ce qui était rare, deux sous d'étymologie lui donnaient la solution. Il reposa prestement le stylo-bille, croisa les bras. Le temps n'était pas écoulé, il reprit les feuilles et se mit à compter les mots. Il n'en trouva que deux cent quatre-vingt-dix-sept. Quelle importance ? Ce jeu ne servait à rien. Cependant, il s'apprêtait à recompter, quand M. Barral rentra dans la pièce.

— Il n'y a que deux cent quatre-vingt-dix-sept mots (dit Frédéric).

— Ce n'était pas nécessaire de les compter... C'est bien la première fois que quelqu'un s'amuse à le faire... Je vous remercie, vous êtes libre... Merci encore...

Ils se serrèrent la main. M. Mops se déroba au regard inquisiteur du psychologue assez peu convaincu, visiblement, de n'avoir jamais croisé la trajectoire de son candidat, quelque jour d'un certain mois de mai.

La veille, Mamitate s'était gardée de questionner son neveu. Elle savait qu'il répugnait à se livrer quand une circonstance quelconque l'avait fait sortir de sa voie ; il resta muet, et s'alla coucher en compagnie de La Tour du Pin.

Le deuxième soir, aussitôt son retour, Frédéric courut au Dictionnaire, non l'ouvrage monumental du bon Monsieur Littré, mais celui, dans sa forme abrégée, du docteur Paul Robert. Mamitate attendit qu'il eût, souriant, fini sa consultation pour l'interroger d'un mot :

— Alors ?

— Aujourd'hui ? Presque rien... Le trantran obligatoire : quelques épreuves assez ridicules, la visite médicale... Je crois, à ce propos, qu'il serait opportun que je me donne un peu d'exercice... Que mitonnes-tu ?

— Tu as passé la visite ? C'est une bonne chose... Une blanquette...

— Je vais très bien, merci. Il me reste à prouver que je suis apte à remplir mon office, dont je doute.

— Tu ne sais pas encore ce que tu vas faire ?

— Non... Je n'ai pas vu mon chef, il est en stage... Je n'ai eu affaire qu'à l'un de ses assistants qui me paraît avoir l'humeur buissonnière... Demain...

— Demain ?

— Demain, je pointe, soupira Frédéric.

Mamitate sourit dans sa cuiller à ragoût : son Frédéric lui reviendrait bientôt.

Littré buvait peu ; en récompense, il mangeait beaucoup. Nourri de bœuf haché à demi cuit, de foie d'agneau, d'aiguillettes de poulet entremêlées parfois de petits légumes, il s'abîmait, entre deux repas, dans une tiède béatitude. La tête sur la cuisse de sa maîtresse, il rêvait tout à loisir de pigeons déchiquetés ou de moineaux cruellement saisis au décollage. Ces massacres bénins le ravissaient tant que ses membres s'agitaient de frissons spasmodiques et que sa moustache tremblotait, ce qui attendrissait beaucoup Mamitate.

Quand même, c'était bien une idée de Frédéric que de donner à ce chat gris souris, mi-chartreux, mi-gouttière, le patronyme de Littré ! Elle savait la minutieuse dévotion de son neveu pour le Lexicographe, que son mari avait partagée et dont, sans forcer les mots, l'on pouvait dire qu'il était mort. Mais elle n'avait pas imaginé que ce nom révéré pût devenir celui du chaton perdu que Frédéric avait cueilli dans l'escalier, miaulant à cœur fendre.

— Je l'ai trouvé sur le paillasson des M...

Il mentait, à l'effet que sa tante ouvrît les bras.

Locataires du troisième étage, les M... se signalaient aux oreilles de Mamitate par leurs cris en cascade et leurs anathèmes débridés.

— Ils jurent comme... comme...

Comme des mariniers engravés, n'osait souffler Frédéric.

Mamitate n'hésita pas : l'on ne pouvait laisser l'orphelin aux mains de cette tribu hurlante et pédiculeuse. Elle fut récompensée par l'attachement jaloux qu'il lui témoigna. Frédéric, un peu vexé, tenta bien de l'emporter dans sa chambre pour lui donner le goût de la poésie, mais le chat ne voulut rien entendre. Toutefois, un soir, échappé de l'appartement, il gagna le toit, l'on ne sut comme, écharpilla un moineau frivole, et trop gavé d'un lexique de plumes et de cartilages, il ne put redescendre ; ce fut un couvreur qui le rapporta. Depuis, dévoué frileusement à sa maîtresse, porte grande ouverte, rien ne l'eût fait sortir.

Devant l'étonnement de sa tante, Frédéric lui représenta que le chat étant le meilleur ami des écrivains, il était logique de donner au moins à l'un d'entre eux le nom de l'arbitre suprême. Mamitate finit par se rendre : il était quand même davantage dans la nature des choses de faire la conversation avec un chat qui s'appelait Littré plutôt que Pupuce ou Pomponet.

Elle lui parlait en effet beaucoup, d'autant que si Littré aimait à dormir, il aimait aussi d'entendre sa voix. Oreilles pointées, il se laissait bercer par ce flot monotone qui roulait en grande innocence les chapitres désunis d'une vie laborieuse et désormais très resserrée.

Elle avait vendu sa voiture, dont elle n'usait plus et qui lui coûtait bon, et trouvé sur place un acquéreur pour la maison de famille où Frédéric... Elle annonça la chose comme d'une affaire sans importance :

— Je dois te dire que j'ai vendu la maison.

— Tu as très bien fait, lui répondit-il sur le même ton.

Le compte en banque de Frédéric s'engraissa d'une somme élevée sans qu'il parût s'en soucier : depuis quinze ans, tout le soin de sa vie matérielle reposait sur Mamitate.

Que deviendrait ce grand enfant, elle disparue ? Trois, quatre ans plus tôt, cette question l'eût oppressée. Elle aurait « vu » son héritier circonvenu d'escrocs, et s'offrant, hébété, aux aboyeuses de successions. Mais à présent, elle pouvait sans angoisse quitter cette vallée de détritus : Marie-Véronique, l'amie, l'amante intermittente et cependant fidèle, saurait couver Frédéric.

Mamitate s'émerveillait encore que ces deux-là se fussent rencontrés. Il avait fallu le hourvari chimérique du mois de mai pour que le Destin les joignît, et une tout autre occurrence pour qu'une fin d'après-midi, huit ans plus tard, ils se retrouvent dans une brasserie. Depuis, chacun menant ses grandes ou petites affaires, mystérieuses chez celle-ci, ambulatoires chez celui-là, c'était surtout quand Marie-Véronique débarquait rue Pierre-Lescot, où habitaient Frédéric et sa tante, qu'ils se revoyaient.

Forte d'une certitude qui lui rendait la paix de l'esprit, Mamitate coulait désormais des jours sommeilleux. Elle ne sortait pas, sinon par nécessité ménagère. Rien ne la raccordait plus à son ancien quartier, et elle ne franchissait le boulevard Sébastopol qu'à l'occasion d'une course d'obligation. Où se situait naguère son magasin de nouveautés à l'enseigne de *La Nouvelle Héloïse,* transformé en laverie, régnaient, aux abords même du Centre Pompidou, le vide sans épithète et la solitude flagellante. Elle n'aurait su reconstituer, et d'ailleurs n'y songeait pas, cette portion de rue autrefois vibrante de rires et de clameurs écarlates. Loin de se complaire à cette évocation, elle se hâtait de faire ses emplettes, et rompait les chiens si d'aventure quelque fantôme nostalgique venait à l'aborder.

Elle n'avait pas davantage le goût de parcourir ce quartier que la voix obstinée du peuple appelait toujours « les Halles ». Elle avait vu, de sa fenêtre, les pavillons s'écrouler comme des capucins de cartes, et se creuser une excavation où le cinéaste Marco Ferreri s'était empressé d'aposter quelques Indiens, reconnaissables à leurs visages pâles et leurs plumes de vieux coqs. Allait-on faire de ce lieu cratéré et destitué de son âme un parc d'attractions lunaires, une fosse aux lions, un bazar des vanités cinématographiques ? Mais non : les constructeurs déroulèrent leurs plans, les architectes brandirent leurs équerres, et les habitants se virent invités à faire choix d'une maquette. Mamitate se contraignit d'aller à l'Hôtel de Ville où les projets étaient exposés :

son avis fut conforme au goût général, dont, en définitive, l'on ne fit le moindre cas. Dans quelques mois, rien ne subsisterait de ce cirque véhément où, parmi la grande rumeur brassée, fusaient les lazzi fulgurants et l'apostrophe capitale. Sous les jardins « paysagers », les aires de jeux, les allées cailloutées, le cœur des Halles aurait pour toujours cessé de battre.

Devenue furieusement casanière, Mamitate ne se frottait plus à personne. Elle tâchait surtout d'éviter la « dame du deuxième », prénommée Delphine, avec qui, pourtant, elle s'était liée de grand commerce sous la bannière de l'Art. Delphine était peintre, et Mamitate se surprenait à sourire quand elle se rappelait comme sa voisine l'avait jouée en lui donnant à croire que le lavabo peint en trompe l'œil sur le mur du couloir était réel. Frédéric, à son tour, s'était laissé prendre. Très intimes quelques mois durant, les deux femmes hantèrent les galeries où des artistes de maigre renom s'efforçaient de gagner à l'avant-garde un public badaudant. Delphine se montrait fort critique, et Charlotte — c'était le prénom de Mamitate — restait camuse devant les froides extravagances de l'Abstraction.

« Tous des copieurs, des suiveurs, proférait Delphine, de fieffés épigones ! » et parfois elle ajoutait : « Disciples de merde ! », ce qui faisait naître chez Charlotte une moue d'improbation.

Delphine se réclamait de « l'hyperréalisme naïf », formule dont elle avait cru être l'inventeur. Elle montra d'être déçue quand elle s'avisa de son erreur.

Un soir, elle alla tambouriner d'extrême impatience à la porte de Mamitate :

— Descendez vite ! Vite, vite, venez voir !

— Il y a le feu ?

— Mais non, quelle plaisanterie !

Bien qu'entravée par ses voiles noirs, elle vola dans l'escalier ; Charlotte suivit d'un pas plus modeste.

L'ordre régnait dans l'appartement, les meubles respiraient d'aise sous la fleur d'encaustique. Elles pénétrèrent dans la chambre coite qui servait d'atelier ; au centre, sur le chevalet, une toile où s'étalaient deux grandes taches :

— C'est du sang ? demanda Mamitate sur le ton d'une qui s'émeut de voir juste.

— C'est du sang... Mais non, remettez-vous, je suis peintre, donc je peins...

— Vous peignez... des taches de sang ?

— Oui... J'ai été frappée à mort par la phrase de Malraux : « Aucune peinture n'a la puissance d'une tache de sang. » La conséquence coule de source : peignons du sang... Et vous voyez, je reste fidèle à moi-même : nous sommes encore dans le trompe-l'œil.

— Mais... passez-moi ma naïveté... après tout pourquoi ne pas faire comme ceux-là qui projettent des couleurs sur la toile, ou de l'encre, ou... ? Bref, nous avons vu leurs tableaux... Pourquoi vous n'allez pas chez le boucher ? Vous lui demandez du beau sang de bœuf bien frais, et une fois chez vous, hop ! vous prenez votre brosse et vous... (Geste.)

— Excusez-moi Charlotte, mais votre candeur

montre bien que vous n'avez pas encore saisi ce qui fait que l'Art n'est pas la réalité. Une flaque de sang ça sèche, ça change de couleur, ça s'écaille, ça se réduit même en poussière, en fin de compte ça ne ressemble plus à rien... La peinture ça tient... Vous voyez, pour aboutir à cette illusion parfaite, je dis parfaite sur la toile, parce que si je voulais peindre sur le bitume... mais nous n'en sommes pas encore là... eh bien regardez : cette tache paraît plus sombre parce que j'ai forcé sur le rouge carmin alors que dans celle-ci il y a plus de vermillon avec une pointe de vert anglais et un soupçon de noir... Mais vous savez, moi ce qui m'intéresse par-dessus tout, c'est la composition. Il faut que mes taches aient une forme... Je ne suis qu'au début de mes recherches... J'ai noté ce que vous m'avez dit tout à l'heure à propos du boucher... Ça m'a donné une idée...

Mamitate remonta chez elle tremblant d'effroi. Elle vit Delphine descendre nuitamment dans la rue et ensanglanter trottoirs et palissades à grands coups de pinceau en s'écriant : « La forme ! Tout pour la forme ! » Elle s'éveilla, hors de souffle, et si grande fut l'impression de ce cauchemar qu'elle se jura de ne plus fréquenter cette maniaque du trompe-l'œil. Quand elle l'apercevait venir, elle changeait de direction, ce qui n'était pas nécessaire : dehors, Delphine ne voyait personne.

La grande occupation de Mamitate demeurait Frédéric. Quelqu'un si peu réductible à tel ou tel type humain valait qu'on lui donnât beaucoup d'attention. Toutefois, il n'avait pas de grandes exigences et trouvait bon qu'en la plupart des circonstances sa tante décidât pour lui. Mais de temps en temps quelque fantaisie subite s'emparait de lui dont il fallait bien qu'elle s'accommodât, ayant résolu, à la majorité du garçon, de ne s'opposer à rien pourvu qu'il n'en souffrît pas. Il tombait quelquefois dans des accès de méditation profonde qu'elle ne savait à quoi rapporter et qui la mettaient en cervelle ; soudain, il se levait et courait empoigner le Dictionnaire, remède évident à tous les maux d'imagination, consolateur absolu, livre des livres.

Que Frédéric fût, pour ainsi dire, mû par le Dictionnaire, cela paraissait à tout instant. Mamitate, par exemple, avait coutume de citer des proverbes, mais attention ! d'honnêtes serviteurs, polis par l'usage, de ceux grâce à qui les hirondelles ne se font pas de mousse, et les maçons qui roulent au pied du mur n'amassent pas le printemps. Frédéric prétendit fournir à sa tante, soit en masse, soit par manière de réplique, un grand lot de ces témoignages de la sagesse universelle, que Mamitate récusa le plus souvent d'un revers de main. Comme :

L'argent comptant porte médecine,

Chair de mouton, manger de glouton,

La mélancolie ne paye point de dettes,

Il entend bien chat sans qu'on dise minon,

A la porte où l'on donne les miches, les gueux y vont,

Mémoire du mal a longue trace, etc.

Mamitate fit cependant bonne provende, sans l'avouer, d'un petit nombre de ces moralités tranchantes « traînées dans les ruisseaux des Halles » : « Monnaie fait tout » ; « Il n'y a point de montagne sans vallée » ; « Petit mercier, petit panier » ; « Il n'est mois qui ne revienne » ; ou encore : « La pelle se moque du fourgon », qui avait la caution de Mme de Sévigné.

Du Dictionnaire, Frédéric tirait de multiples recettes, dont il ne restait que les désignations régionales. La tarte aux pommes, la tourte aux prunes, la galette au beurre formaient dans toute la France le dessert de gala des petites gens : anglois, bourdelot de Caen, béjarde du Dauphiné, alise de l'Aunis, cuigne de Bretagne, ou la simple pomme cuite au four dans la pâte et appelée « bouloche » en Normandie, la pomme tapée... Sans doute, le plus souvent, devait-on se satisfaire de marmelade ou de confiture : calottes, badrée, cougnade, ou bien encore quelque dur biscuit, quelque pâtisserie sèche : croquignoles, croquembouches, gimblettes...

« Nous serions au temps de Littré », commençait Frédéric...

« Au temps de Littré, on se cassait les dents », coupait Mamitate.

Il eût aimé suggérer à la pâtissière chez qui, le dimanche, en bon provincial de Paris, il se fournissait, de donner à ses choux le nom de « cache-museau », mais il eut peur d'être moqué. « Au temps de Littré », le hareng, blanc, pec, saur, bouffi, boussard, était le frugal festin des humbles et (proverbe) « l'on vendait au marché plus de harengs que de soles ». Mais Frédéric n'aimait pas les harengs, et Mamitate se trouva dispensée d'en accommoder. Ni les épinards ; aussi, les épinards à la célestine, « réchauffés plusieurs jours de suite », partant, plus savoureux, ne parurent jamais sur la table. Il ne pouvait non plus infliger à sa tante, ni à son estomac, ce fromage délayé dans du vinaigre et du poivre et connu sous l'appellation de broussin. Quant aux mets plus délectables, pâtés d'anguille ou...

— Tu dis ? Du pâté de crêtes de coq ? Où veux-tu trouver ça ? Tu mettras plus facilement la main sur du caviar de fourmi ou des chenilles vertes à l'eau-de-vie de prune...

— Les crêtes de coq entrent aussi dans la composition des béatilles avec le ris de veau...

— Tes béatilles, c'est comme de la garniture de vol-au-vent... Apporte-moi tes crêtes de coq, je te ferai un vol-au-vent.

Il ne se voyait pas courant sus aux poulets, il renonça.

Cependant, un soir, Mamitate consentit à tremper ses lèvres dans une infusion que son neveu avait préparée.

— Ce n'est pas de la tisane, c'est du thé... Tu as mis autre chose... Ça donne un goût curieux... pas désagréable, mais curieux... C'est quoi ?

— Selon toi ?

Elle finit sa tasse :

— Je ne vois pas.

— Je te remercie de ta confiance... Je ne vais pas te laisser chercher : tu viens de boire une bavaroise. Mieux vaudrait dire : une demi-bavaroise, car j'aurais dû ajouter du lait...

— Mais... la bavaroise, c'est un gâteau...

— Au temps de Littré, ce n'était rien autre que cette infusion.

— Admettons, ça ne me dit pas ce que tu as mis dedans...

— Du sirop de capillaire, une petite cuillère.

— Du sirop de... D'où ça vient ?

— D'une minuscule officine d'herboriste située passage du Désir.

— Je connais, ça donne d'un côté sur le boulevard de Strasbourg.

— Tu conçois bien que ce nom m'avait séduit... Je suis entré dans ce passage sans autre dessein que de croiser l'un de ces personnages sournois qui chez les fagoteurs de contes hantent les lieux diffamés...

— Abrège...

— J'avise cette boutique infime. Le mot « HERBORISTE » avait perdu son R, cela m'a convaincu d'entrer. J'ai demandé : « Avez-vous du thé de Faltrank ? »

— Qu'est-ce que c'est ?

— Une infusion de plantes aromatiques recueillies dans les Alpes suisses : je cite le Dictionnaire...

— Tu penses...

— L'on m'a répondu... Je veux dire une espèce de boudrillon, haut, à peine, de cinq pieds, deux pouces, et chargé de ganache, me répond : « Je n'en ai plus. »

— Il n'en a plus depuis cent cinquante ans...

— Je lève la tête et je vois, au-dessus du bonhomme, sur une planchette, un flacon marqué : « Sirop de capillaire »...

— Tu as vu, avec ta vue à toi, un flacon de capillaire, sur une planchette en hauteur ?

— J'avais les yeux du Destin... Je demeure écarquillé, béant... Il flaire la bonne occasion, se guinde comme il peut pour aveindre le flacon...

— Abrège...

— Je saute même... Il a quelqu'un je ne sais où qui peut lui fournir à la demande ce distillat de fougère. Je lui ai promis ma clientèle pour peu que ce sirop, dont il ne faut abuser, te convienne.

— Il me conviendra, s'il ne m'est pas contre-indiqué. Tu sais que je souffre quelquefois de palpitations...

— Je fais confiance à Littré. N'oublie pas qu'il aurait pu être médecin. Il tenait son savoir de la bouche même d'Hippocrate, et il avait une grande hygiène de vie... Le seul inconvénient que tu encoures c'est d'avoir à te lever la nuit. Au temps de Littré, beaucoup de ce qui s'ingérait hors des repas faisait courir à la garde-robe. C'était une époque où l'on bataillait ferme contre la censure et la constipation.

Mamitate hocha la tête : les aperçus de Frédéric la laissaient hors de gamme.

Elle prit goût à la bavaroise, bien qu'en effet son

sommeil en fût troublé ; mais elle constata qu'elle perdait du poids. Tout glorieux de ce succès, Frédéric se mit en fantaisie d'élaborer un frustratoire selon la prescription du Lexicographe : vin, sucre, cannelle, bon pour la digestion. De fois à autre, Mamitate s'en versait un petit verre. Elle s'imaginait recevant quelques amies d'enfance réchappées des naufrages de toute sorte, et lâchant à la fin d'un bon déjeuner : « Maintenant, nous allons prendre un frustratoire. »

Mais rien ne la tentait moins que de revoir telles ou telles qui avaient traversé sa courbe. Elle qui tant s'était prise d'amitié, mais si vaine, si passagère, pour les clientes de *La Nouvelle Héloïse,* aurait haï s'en rencontrer quelqu'une. Il lui suffisait bien à présent, puisqu'on ne peut s'interdire de se ressasser, de faire la conversation à son chat, ou de suivre jusqu'à l'assoupissement les « dramatiques » de la télévision. Très vite, elle faisait taire ces créatures écumantes de rage et de frustration qui s'arrachaient le cœur sous ses yeux et dont les cris trouaient le sommeil de la bête amicale et bedeaude. Elle lui caressait la tête, puis : « Le croirais-tu, Littré... » commençait-elle. C'était pour le chat l'annonce de cette heure exquise où il pouvait s'endormir dans la quiétude nuageuse des paroles assourdies et rêver à son aise que les ailes des pigeons les empêchent de voler.

Deux mois plus tard, Frédéric était encore à son poste de travail, à l'étonnement marqué de Mamitate :

— Tu aurais pu croire ça, Littré, qu'il tiendrait aussi longtemps? Je me disais que rien que d'être forcé de pointer, ça le découragerait tout de suite... Je me rappelle, une fois, il a voulu entrer dans une compagnie d'assurances, quand il a vu la pointeuse, il a détalé comme... j'ai mis trop de sucre dans ma bavaroise... Ce qui le fait rester à mon sens c'est la curiosité : il veut voir comment ça fonctionne une grosse boîte ; ça va l'avancer à quoi, tu peux me le dire ? Ou alors il y a autre chose... il faudra que je demande à Marie-Véronique : elle, elle doit savoir...

Le chat acquiesça d'un grand bâillement : une histoire pareille, ça vous décroche la mâchoire.

Frédéric s'était bien aroutiné. Certes, il ne prenait pas le métro(politain) de grand enthousiasme. Au flot barbare et vindicatif, il opposait la force d'inertie et ne regimbait pas aux poussées des chasse-derrière. Il s'isolait en mâchonnant des vers et abolissait la presse à coups d'alexandrins. Du fond de l'enfance accourait parfois un héros au sourire si doux que les Espagnols en route pour les chantiers de la périphérie considéraient d'un œil farouche.

Dédaignant l'autobus, Frédéric accomplissait à pied le dernier parcours. Comme il partait tôt, il arrivait très en avance. Avant de franchir le seuil de l'immeuble, il prenait une grande inspiration comme s'il dût tout à coup manquer d'oxygène. Il entrait, donnait un regard au siège encore inoccupé d'Aline, et gagnait, après pointage (« Je pointe, donc je suis », soupirait-il), l'étroit domaine à lui réservé. Bien qu'il n'eût apporté aucune « touche personnelle », comme l'olivâtre Campas le lui avait suggéré — mais où se trouvait cette touche dans le bureau de Campas ? —, il se sentait chez lui. Il frottait l'encrier magistral, toujours vide, posait deux stylographes, et s'accordait quelques minutes d'incolore songerie. Les « cadres » arrivaient, l'un poussant l'autre ; Mullequin, d'abord, frais lustré et oint de vétyver, Bussot, pipe éteinte, entre les dents, Campas, nonchalant ; enfin, le chef de meute, Pierre Tourny.

Il était rare qu'ils fussent présents tous les quatre en même temps. « Nous sommes des missionnaires, disait Mullequin, attention ! je n'ai pas dit : chargés de mission ! » Frédéric se demanda pourquoi cette précision prêtait à sourire.

Il fut soulagé de voir que ni Mullequin ni Bussot ne portaient de bracelet d'identité. « Cadres » de terrain, d'un rang inférieur aux deux autres, leur talent rigoureux s'exerçait surtout dans les filiales. Au retour de ces « missions » purificatrices où ils se flattaient d'avoir exterminé l'hérésie, ils s'isolaient dans le bureau qu'ils partageaient, et rédigeaient leurs rapports assidûment sans se soucier en façon du monde de Frédéric Mops. C'était clair : il relevait de Tourny, de Campas, peut-être, et d'eux seuls. Ce sentiment d'appartenir à quelqu'un lui était fâcheux.

Tourny reparut le même jour que le tandem Mullequin-Bussot, auxquels il présenta M. Mops. Puis il le pria d'entrer dans son bureau que Frédéric, cette fois, se donna le temps d'examiner. Au mur, un dessin de grande dimension représentait un personnage échevelé parmi une bourrasque de papiers noircis de pattes de mouche, avec pour légende : « Qui a dit que je dormais ? »

— Ceci est l'œuvre d'un de mes amis, très bon caricaturiste, comme vous le voyez (dit Tourny sur un ton d'exquise bienveillance). Je lui ai demandé de me le faire pour répondre à ceux qui pensent que nous vivons dans l'assoupissement. C'est à cause du nom du service : « Organisation et Méthodes », autrement dit : le S.O.M... Vous voyez les plaisanteries... Passons... Je ne vous demanderai pas si vous êtes bien installé, Campas m'a informé que vous paraissez satisfait : l'êtes-vous ?

— Je le suis, monsieur.

— Il m'a dit aussi, pour la caquetoire... Vous m'avez devancé : j'avais pris plaisir à les lancer sur de fausses pistes... Autre chose, je passe du coq à l'âne : vous ne portez pas de cravate ?

Ces derniers mots auraient décontenancé Frédéric s'il ne s'était préparé à les entendre.

— Non, monsieur. Je ne pense pas, ce néanmoins, contredire à l'esprit, ni à la lettre du règlement intérieur...

— C'est possible... le règlement intérieur, vous savez... en tout cas, ce n'est pas le genre de la Maison...

Qu'aurait-il fait si Tourny eût tranché tout net : « Ne discutez pas ! Allez mettre une cravate ! » Mais, dit le poète, « ce que l'on imagine n'arrive jamais ».

— Laissons cela... Campas vous donnera toutes les directives nécessaires pour votre travail... Je m'excuse : vous le verrez plus souvent que moi. C'est une chance : il n'aime pas voyager... Mais rassurez-vous, quand je suis ici, je suis tout à fait disponible, surtout si vous vous conformez à cette affichette...

Frédéric se retourna : le doigt du chef lui désignait, collé sur la porte communicante, cet avis, qu'il n'avait pas remarqué : N'ENTREZ PAS ICI SANS SOLUTION.

Rentré « chez lui », Frédéric se vit presque aussitôt interpellé par Campas :

— Alors, que vous a-t-il dit ?

— Il m'a dit de m'en remettre à vous, pour ce qui tient au travail.

— Oui, je vous en parlerai... Quoi d'autre ?

— J'ai cru saisir qu'il n'ignorait pas que cette chaise, là, s'appelât une caquetoire, et qu'il s'était diverti à vous laisser vous égarer...

Campas partit à rire, un peu faussement.

— Quelle blague ! Il ne le savait pas plus que nous ! Vous l'avez cru ?

— Cela m'a semblé sans importance... C'est curieux, j'ai retrouvé avant-hier ce proverbe de Le Roux de Lincy : « Il ne faut pas prendre la caquetoire pour un prie-Dieu. » Je m'étonne de n'y avoir pas pensé.

— Pardonnez mon ignorance ! qui est Le Roux de Lincy ?

— Un parémiographe du XVIe siècle... Inépuisable...

Campas, prudent, et hochant la tête, s'éclipsa. Il parut à Frédéric que le « bras droit » de Tourny n'avait pour son chef ombre de déférence. Il ne joue pas le jeu, pensa-t-il.

Frédéric ne vit pas « son » hôtesse pendant huit jours, au cours desquels elle fut remplacée par un camuson maugracieux, détaché du service des relations publiques, qui conduisit les visiteurs coudes au corps. Aline revint, languide, fléchissante. Il n'osa lui demander de quoi elle avait souffert, et engagea très mal leur tête-à-tête cantinier :

— Qu'avez-vous fait pendant ces quelques jours ?

— Cette question !... Je ne me suis pas promenée, figurez-vous !

(« Qui s'occupait de vous, faisait votre cuisine, retapait vos oreillers ? Quand saurai-je de vous ce que je veux savoir ? »)

— ... je suis restée au lit... j'ai écrit deux ou trois lettres... j'ai envoyé mon certificat médical... j'ai absorbé des ampoules...

— Il faut toujours envoyer un certificat médical ?

— Bien sûr, où avez-vous travaillé ? On ne vous en a jamais demandé ?

— C'est-à-dire que... je me suis toujours gardé d'être malade.

— C'est un peu bête ce que vous dites... comme si l'on faisait exprès de tomber malade !... Allons, je ne vous grondais pas... Qu'est-ce que vous pouvez faire petit garçon quelquefois !... J'ai remarqué quelque chose : vous avez un langage très choisi, et pourtant ça paraît naturel, je sais, je vous l'ai déjà dit... Mais quand vous êtes gêné, vous cherchez vos mots... c'est le même langage, et ce n'est plus vous... comme si vous vouliez vous cacher derrière vos phrases... Allons bon ! Vous rougissez maintenant ?

Il avait l'air très malheureux, elle posa sur le poing du garçon une main consolatrice.

— Je vous aime bien : vous au moins vous êtes gentil... Vous savez, j'ai toujours la boîte de chocolats que vous m'avez offerte, la première fois, quand Tourny m'a engueulée au téléphone... Je ne devrais pas dire « engueulée », ce n'est pas un mot pour vous. Qu'est-ce que vous diriez à ma place ?

— Réprimandée...

— Allons, faites un effort...

— Admonestée... morigénée... vespérisée...

— Ah, voilà ! Vespérisée ! Ça c'est un mot ! Je le garde pour moi, pour les fois où je parle toute seule, ça m'arrive... Mais à part ça, il n'est pas utilisable. Vous me voyez dire à quelqu'un : « L'autre jour, Tourny m'a vespérisée. » Je me demande ce qu'il imaginerait... Vous n'avez pas besoin de plisser les yeux quand vous m'écoutez... Vous ne vous en rendez pas compte, c'est un tic de myope...

(« Elle va me demander pourquoi je ne porte pas de lunettes. »)

— Regardez-moi... plus près... au fond des yeux...

— Comme le président fait la France.

— Quel président ?

— De la République, mais c'est pour l'hypnotiser... Veuillez m'excuser.

— On ne sait jamais dans quelle direction vous allez partir... Que voyez-vous ?

— Je vois vos yeux.

Il chercha la nuance, entre vert et bleu, ne la trouva pas.

— Je porte des lentilles, est-ce que vous l'avez remarqué ?

— Non.

— Eh bien, je suis peut-être aussi myope que vous et comme vous je n'aime pas les lunettes... J'en porte quand même quelquefois, il le faut... Vous devriez essayer, ça ne coûte rien, enfin si, ça coûte le prix des verres de contact.

Il n'aimait pas de recevoir des conseils, touchant à l'ordinaire, même affectueusement. Quant à l'extraordinaire, personne ne le pouvait soupçonner.

— Je vous remercie, j'y penserai.

— Vous y penserez en passant, et vous ne ferez rien. Quand une chose vous ennuie, enfin je généralise peut-être, sûrement même, on a l'impression...

l'impression qu'une porte se ferme en vous à double tour, on peut frapper autant qu'on voudra, elle ne s'ouvrira pas.

(« Que vaut cette psychologie de roman-photo ? Mais c'est parce qu'elle s'intéresse à moi. »)

Tout l'après-midi il resta songeur, comme une vache au dormoir. Il ne remplit que trois dossiers sur la quinzaine dont il était censé venir à bout. C'était en quoi consistait sa tâche principale. Tourny, par l'entremise de son premier assistant, lui avait assigné de mettre en fiches le personnel des comptabilités, filiales comprises.

Campas lui répéta les paroles du chef : « Ce n'était pas absolument nécessaire, mais puisque vous êtes ici, ce l'est devenu. »

Il avait fallu convaincre les directeurs, jaloux de leurs attributions, d'adresser au service « Organisation et Méthodes » la « somme d'informations » qu'ils détenaient concernant « leurs gens » et veiller à n'entreprendre pas sur les prérogatives des « Relations du Travail ».

— Tourny n'a pas son pareil pour faire plier tout le monde, soupirait Campas, à qui, d'évidence, cette faculté subjuguante avait été refusée. Il faut dire que ça l'excite...

Il lui arrivait d'ajouter :

— Ça sert d'avoir l'oreille du directeur général.

Dans les premiers temps, Frédéric s'embrouillait quelque peu parmi les titres des grands responsables. Il discernait mal les degrés de subordination, rattachait le S.O.M. à la direction de la comptabilité, et donnait à la direction financière le visage du Destin suprême aux arrêts sans appel. Il s'informa sans avoir l'air de rien.

— Nous dépendons de la direction générale, l'instruisit Campas, mais en tant que service nous n'avons autorité sur personne. Il nous faut manœuvrer au plus fin. Bien sûr ça n'empêche pas les ambitions personnelles...

(« Il aurait dû préciser : Suivez mon regard. »)

L'acrimonie de Campas étonnait Frédéric, lequel paraissait plus jeune que son collègue bien qu'il eût trois ans de plus que lui. Quelque chose minait cet homme qui semblait traîner les séquelles opiniâtres d'une pernicieuse hépatite.

« Regardez-moi au fond des yeux » : cette douce injonction berçait Frédéric, insensible par là même aux poussées hargneuses des voyageurs. Il tâchait à retrouver le timbre, les inflexions de la voix aimée. Au rythme de la rame surgit le début d'un poème :

Regardez-moi au fond des yeux
je ne veux pas vous manger l'âme,

mais il eut beau s'évertuer, la suite ne vint pas.

Après un dîner rapide et sans phrases, sous le regard inquiet de Mamitate, il monta se coucher en grande hâte afin de retrouver, le rêve aidant, le visage de lui tout proche. Las, un songe trop familier l'assiégea. Il se revit, une fois encore — était-ce bien lui ? —, marchant au milieu de la grand-rue du village natal, seul mais de toute part épié, et presque nu dans une chemise trop courte sur laquelle, en vain, il tirait, au comble d'angoisseux désespoir. Perçant les murs, tous les regards de la malveillante cité étaient braqués sur lui, sur le sexe en fureur qu'il ne pouvait dissimuler, et il mourait de honte impuissante et d'humiliation.

Marie-Véronique, à laquelle il se confiait sans réserve, prétendait que cette vision récurrente était l'indice d'une frustration d'adolescence, ce qui ne l'étonnait guère, car elle *savait tout* de Frédéric. Lui préférait croire que son corps, par ce biais hypocrite, manifestait un besoin précis qu'il avait par trop négligé de satisfaire.

Désirait-il Aline Mercier ? Amoureux, oui, un peu transi, même, un peu céladon, mais fort peu habité par une humeur possessive. « Laissons faire le temps. » Et puis cela ressemblait à des fiançailles.

Il travaillait, avec grande conscience, dans l'attente de cette heure méridienne où, sur le prétexte de se sustenter de carottes râpées, de merlan en colère et de fromage blanc, il retrouvait, amoureusement, l'hôtesse. C'était pour elle aussi de fraîches et délassantes minutes. Autour d'eux, l'affligeante rumeur du travail persistait, nourrie de griefs contenus, de rancœurs inexprimées. L'on brocardait les petits chefs, leur tyrannique suffisance, leurs manies parfois dégoûtantes. Tel, vingt fois l'heure, ramenait sur son front, en guise de cache-folie, les quatre cheveux qui lui restaient ; tel autre s'arrachait méthodiquement les vibrisses ; tel autre encore n'avait pas scrupule à projeter d'une pichenette ses crottes de nez dans la corbeille à papiers.

Frédéric gagna les bonnes grâces de ses compagnons de table — on se méfiait un peu de lui à cause de son appartenance au S.O.M. — en rapportant un travers singulier qui lui semblait affecter les « cadres » de haut niveau : ils se grattaient tous le derrière. Ce n'était pas un prurit léger, une démangeaison de circonstance provoquée par un insecte piqueur. Ils s'empaumaient les fesses et se dévoraient avec la rage précipitée que mettait le divin Marat à faire saigner ses croûtes. Le ton, le vocabulaire de Frédéric excitèrent la risée. Quelqu'une demanda ;

— Et Tourny, il se gratte aussi ?

Frédéric vit son amie s'embrumer.

— C'est bien possible, dit-il prudemment, vous savez, je ne le vois pas beaucoup.

— C'est vrai, pour le suivre celui-là, il faudrait courir aussi vite que lui...

Au milieu des rires entendus, Aline demeura muette.

Le surlendemain, l'hôtesse de nouveau souffrante — à moins que... — ne parut pas. Frédéric, son plateau entre les mains, se dirigeait vers sa place habituelle, quand une voix vibrante le héla :

— Venez, jeune homme, venez vous asseoir ici...

Regard plissé, il reconnut la secrétaire du président. Il hésitait, mais :

— Allons, de l'audace ! Vous verrez bien si je vous mange !

Hissant au-dessus des têtes expectantes des mets aux couleurs criardes, Frédéric prit place auprès de cette femme redoutée.

— On vous a prévenu contre moi, n'est-ce pas ? On a dû vous dire : « Méfiez-vous, elle a une langue de vipère ! »

— Je ne sache pas que personne m'ait parlé de vous en ces termes.

— « Je ne sache pas »... Très bien ! Comme on dit : « Beau parler n'écorche point la langue. » Vous vous entendriez à merveille avec le président, c'est une de ses introductions préférées. Vous verrez quand vous le rencontrerez...

— Je rencontrerai le président ?

— Fatalement, attendu qu'il est l'ami de votre ami.

— Je vous prie de m'excuser, je vous suis mal...

— Qui vous a recommandé ? C'est bien le Prince Pelée ? Il est bien votre ami ?

— Nous sommes liés par quelque chose à quoi l'on peut donner le nom d'amitié.

— J'en conclus que ce « quelque chose » est un peu particulier. Cela ne m'étonne pas : pour être l'ami du Prince — je ne parle pas du président, c'est une camaraderie d'affaires — il ne faut pas être comme tout le monde... Vous me semblez pourtant équilibré, mais ce n'est peut-être qu'une apparence... Qu'avez-vous de commun avec lui ?

— Je m'appelle Mops, et il s'appelle Pelée.

— Ah bien... raison suffisante... Quand même, le lien m'échappe.

— Ce sont des noms d'Argonautes...

— Il fallait le savoir... Les Argonautes, à part Jason et Hercule... J'ai vaguement entendu parler de son projet : il ne voulait pas faire construire un bateau et entreprendre le tour du monde ?

— Oui pour le bateau, pour le tour du monde, je ne sais pas...

Trahissait-il le Prince ? Ce blanc navire qui portait le nom d'une constellation de l'hémisphère austral, l'Argo, où lui-même devait embarquer, avait fini, dans l'esprit de Frédéric, par se confondre avec les étoiles ; cette affaire ne le concernait plus.

— Vous allez penser que je suis très indiscrète, mais vous m'intéressez. J'ai de la sympathie pour vous. Vous n'avez pas une tête d'arriviste... Tout le monde ici veut arriver, monter, monter, mais le nombre d'escabeaux est limité. Au bas de l'échelle, il ne reste bientôt plus que des ombres fracassées... Je ne parle pas de Tourny ; lui, il saura toujours rebondir... On ne risque pas de le trouver un jour sur la liste des chargés de mission...

Elle avait pris ce ton de rauque hostilité qu'il avait noté chez tous les détracteurs de son chef.

— Je ne devrais pas médire de votre supérieur, de plus ce n'est pas un sujet de conversation. Parlons plutôt de vous et d'Aline... Je vous ai vus l'autre jour, prunelles contre prunelles... Quel couple charmant vous faites ! Je l'aime bien cette petite, elle mérite d'être heureuse, avec quelqu'un de gentil comme vous... Le sieur Tourny l'a beaucoup fait souffrir...

— Elle a travaillé sous ses ordres ?

— Travaillé ? Ne forcez pas votre candeur... Ça n'a plus d'importance, c'est une affaire close... C'est à vous maintenant de vous occuper d'elle, pour son bien...

Il demeura stupide. Cette liaison, c'était une farce. Que devait-il penser de cette femme confite en perfidie qui le faisait asseoir à sa table pour l'assassiner sans fard ? L'imagination, cette chienne, s'emparait de Pierre Tourny et d'Aline Mercier pour les faire rouler dans un abîme de perversions. Il croyait percevoir leur babillage du matin, après l'amour : « Pierrot, tu veux un sucre ou deux ? — Un et demi, mon chou... » Ce n'était pas possible ! Comment pouvait-on dire des choses aussi indécemment bêtes ! Dire qu'un peu plus il se laissait prendre ! Elle l'aurait appelé Frédo, Freddy, Riquet, non mais quelle bêtise ! Que lui importait que cet accouplement contre nature fût une « affaire close » ! Faire le bonheur d'Aline, merci bien, pas après vous ! Il n'était pas né pour rendre heureux qui que ce fût — ni lui-même.

Demain, il donnerait sa démission ! Quel prétexte ? Aucun. Nulle nécessité de se justifier : « J'ai l'honneur de porter à votre connaissance... » L'honneur !

Il retrouverait l'essentiel : ses livres trop délaissés, ses dictionnaires, Marie-Véronique : la vraie vie...

Regardez-moi au fond des yeux
vous n'y lirez que mes mensonges...

L'amour est un mirliton...

Quand même, il ne pouvait se détacher d'Aline ainsi, la rejeter au néant, abolir ces minutes d'intimité douce, de la betterave au yoghourt, parmi la caquetterie ambiante. Il lui annoncerait son départ, et qu'il savait tout. (Mais qu'est-ce que cela voulait dire ?) Il attendrait deux jours, ou trois, pour remettre sa démission.

Il la revit, pâle, soucieuse, et il fondit d'attendrissement. Ils gagnèrent leur place accoutumée sous l'œil connivent de la secrétaire royale. Aline brisa une ampoule, avala un comprimé vert, un comprimé rouge...

— Avec ça, dans dix jours, je serai requinquée... vous me verrez plus pétillante... Et vous, comment ça va ? Vous avez l'air préoccupé...

— Ce n'est rien, c'est le travail... un peu insipide...

— Ah oui, vos fiches... Quand même, on aurait pu vous donner autre chose à faire, des trucs à rédiger par exemple...

— Cela viendra, c'est prévu... Quant à ce remplissage de dossiers, mon Dieu, il fallait bien que

Il s'ennuya beaucoup, et partant s'appliqua davantage. Les capitales bien calibrées qu'il traçait à main levée faisaient l'admiration sifflante de Mullequin :

— Vous avez une règle dans la tête !

Le même surgit un jour dans son bureau :

— Allez tout de suite dans la salle du conseil d'administration, l'on vous y attend !

Gagné par cette brutale impatience, Frédéric se jeta hors de la pièce. Dans le couloir, il réfléchit qu'il ignorait où se situait ce champ clos des hautes palabres. Il croisa, par chance, un courantin au pas vif qui, plutôt que de se perdre en indications confuses, l'accompagna jusqu'à la porte :

— Vous sonnez et vous attendez qu'un autre coup de sonnette vous réponde...

Il s'exécuta, on l'autorisa tout aussitôt à franchir le seuil solennel. Au bout de la longue table ovale, deux hommes étaient assis : le président, qu'il avait parfois entr'aperçu, grand, cordial, chaîne de montre au gilet, et son fils qui, dans la société, occupait une charge caponne et passait pour avoir une faiblesse de cervelle. Tant les fées s'étaient penchées sur son berceau qu'elles avaient perdu l'équilibre et l'avaient presque étouffé. Ramené à la vie, il promenait depuis lors sur toutes choses, par intermittence, un regard de l'au-delà.

Derrière eux, debout, se tenait un troisième personnage que Frédéric, nonobstant sa vue courte et l'éclairage discret, reconnut sans peine : le Prince Pelée.

— Figurez-vous, mon jeune ami, que voici tantôt quatre mois que je vous cherche. Je ne me rappelais plus à qui j'avais fait recommandation expresse de vous engager... J'assiste à tous les conseils d'administration, à l'issue desquels je demande : « M. Mops fait-il partie de votre personnel ? » L'on s'informe sur-le-champ : point de Frédéric Mops. Je commençais à douter si vous n'aviez pas résolu de quitter la place aussitôt qu'embauché...

(« Quatre mois, il a pris son temps ! Pourquoi tenait-il tant à me rencontrer ici ? »)

— Cela m'a en effet traversé... Mais ne pouviez-vous me téléphoner si mieux n'aimiez m'écrire ?

— Trop facile... Je voulais voir quelles attaches vous ont retenu... Je ne suis pas très avancé...

(« Bien plâtrée, cette excuse... Qu'importe... »)

Ils avaient pris congé du président, et de son fils en pleine évaporation.

— Maintenant que grâce au Prince Pelée je sais qui vous êtes, nous aurions profit, moi surtout, à converser souvent, dit le président.

(« Qui suis-je donc à ses yeux ? Que lui a dit le Prince ? »)

— Je vous emmène déjeuner, mais pas dans ce quartier schématique... Je sais une brasserie ancienne, sur le boulevard Saint-Germain : le *Mandepatan,* connaissez-vous ?

— C'est tout le boulevard Saint-Germain qui m'est inconnu, mentit Frédéric.

Ils marchèrent, sans causer beaucoup, sinon température, vers la station où chaque matin Frédéric, parmi de nombreux autres et d'acariâtre humeur, descendait. Ils voyagèrent en première classe, mais Frédéric, non prévenu, avec un billet de seconde, et il tremblait de voir surgir le contrôleur, ce qui n'arriva pas.

(« Mais si, Frédéric, tu l'as bien arpenté, ce " boulevard qu'un soir comblèrent les Barbares ", quand l'émeute juvénile brandissait ses calicots d'incendie... »)

Il s'interrompit, voyant son « bienfaiteur » faire un pas de côté pour mettre hors jeu un colombin pyramidal. Le Prince se baissa : « Défions la crotte par un retroussé pantalon. »

(« Ce vers, car c'est sans doute un alexandrin retouché, est d'un autre, mais quel ? »)

Ils arrivèrent à la brasserie dont, de l'extérieur même, l'obsolète apparence s'offrait aux regards.

— Mais... nous sommes devant le *Vagenende,* et non...

— Le *Mandepatan ?* Passez-moi cette finesse de grand potache, dont je n'ai pas la paternité puisque je l'ai entendu faire à l'auteur de *L'Humeur vagabonde...* Vous connaissez, naturellement ?

— Non.

(« J'aimerais savoir pourquoi ceux qui me sont proches, et qui lisent — le Prince, Marie-Véronique — n'ont pas lu les mêmes livres que moi. »)

— C'est une espèce de queue de mots : va, je n'en demande pas tant... vous saisissez ?

— J'ai saisi.

Ils entrèrent, et Frédéric crut revivre une scène d'autrefois qui l'avait frappé, et Marie-Véronique un peu davantage. Aussitôt le seuil franchi, deux garçons, puis le chef de rang, animés d'une ferveur protocolaire firent assaut de salutations en arabesque, puis escortèrent le Prince, qui tenait au coude son protégé, jusqu'à la table dès longtemps retenue.

Frédéric, carte ouverte, restait béant.

— Je vais m'autoriser à commander pour vous car vous ne sortirez pas de votre indécision...

(« J'espère qu'il ne m'infligera pas les filets de hareng, pommes à l'huile, ni les sardines marinées au vinaigre de framboise... Je me satisferais bien de l'andouillette du père Duval. »)

— Voyons... Je crois qu'une salade périgourdine vous amusera l'estomac... ensuite une fricassure d'agneau à l'estragon...

— Fricassure ? Où sont-ils allés chercher ce mot ?

— Il n'est pas promis à une grande fortune, mais il en est de moins alléchants...

Le Prince, lui, montra de l'enjouement pour une hure de saumon à la crème de civette, poursuivie par des rognons d'agneau sautés au vinaigre de Xérès.

— Je présume, dit Frédéric, que vous faites ici votre seul repas de la journée...

— Ah, vous vous souvenez de cela ! J'ai rompu avec cette habitude qui ne me valait rien comme tout ce que l'on fait à l'imitation de quelqu'un.

(« Qui donc imitait-il ? »)

— Il est vrai qu'aujourd'hui je vise à ressembler au baron Hachamoth...

(« Ah, celui-là je le connais ! »)

— Dites-moi, mon jeune ami, car ce point m'est toujours obscur, pourquoi travaillez-vous ? Ce n'est pas par besoin d'argent, vous me l'avez avoué...

Frédéric balança, puis, laconique :

— Cette expérience m'était nécessaire.

— Hum... mais pour quel dessein ? Laissez-moi deviner... Il vous est arrivé quelquefois d'être assailli par le sentiment absurde de n'appartenir pas au genre humain, n'est-ce pas ? Toutes ces fourmis noires, gargouillantes de café-crème, qui s'engloutissent chaque matin dans les bouches du métro comme les Carthaginois dans la gueule du Moloch, vous ont donné mauvaise conscience... Vous, l'émule de Rousseau, vous êtes dit : « Frères humains qui près de moi vivez, je suis des vôtres. J'ai honte d'être libre et de ma vie musardière. Je veux connaître la griserie du pointage, la gloire de plier sous un chef... »

Frédéric partit à rire :

— Je ne nie pas que ce sentiment ne m'ait traversé... Mais puisque je vous dois la vérité...

— Non, non ! Vous ne me devez rien !

— ... il me faut tout vous dire... Je voulais écrire un roman.

— J'aurais dû m'en douter... Et alors ?

— J'ai pensé que mes personnages n'auraient aucune consistance s'ils menaient une vie purement oisive.

— Ce qui veut dire que vous êtes devenu, réellement, employé de bureau pour donner de l'épaisseur à des êtres de fiction ?

— Oui...

— Vous êtes bien la seule personne au monde qui soit mue par une nécessité de cet ordre !

— C'est ce que m'a dit mon amie...

— Qui s'appelle ?

— Marie-Véronique. Vous la connaissez, nous étions ensemble, le jour que nous fîmes connaissance.

— Chez *Pharamond,* je m'en souviens. Et puis vous êtes venus chez moi, dans mon hôtel du hameau de Boulainvilliers, dont il ne restera bientôt plus rien... Il m'a semblé qu'elle ne m'aimait pas : je me trompe ?

— Elle se méfie de vous.

— Elle n'a pas tort... Et ce roman, où en êtes-vous ? Quel en est le titre ?

— *Les Amours foraines*. Il est au point de départ. Je n'ai pas été plus avant que la première phrase dont je pense qu'elle me fut soufflée par quelque esprit malin : « Passé la quarantaine, les gens qui vous ont vu naître, on se tue à les enterrer. » Je doute que la suite me vienne jamais.

— Dommage, c'était prometteur... Il faut vous efforcer. Cela m'éjouirait de voir votre nom sur la couverture d'un livre.

— Vous ne le verriez pas en façon du monde . si j'en venais à bout, il serait signé de Marie-Véronique.

— Vous lui en feriez cadeau ?

— C'est pour elle que je l'écrirais.

— Mais... pour quelle raison ?

— Afin de me conformer à la définition que le Dictionnaire, celui de Littré s'entend, donne de l'écrivain : « Celui qui écrit pour d'autres. »

— Cela me paraît fort spécieux : « pour d'autres » ne signifie pas « à la place des autres ».

— C'est ainsi, cependant, qu'il me plaît de l'entendre.

— Après tout, vous êtes seul juge... Votre amie en est-elle d'accord ?

— Oui, mais sans doute n'y pense-t-elle plus. Je soupçonne même qu'elle me répute incapable de mener à chef un tel projet.

— Montrez-lui son erreur... En somme, si vous êtes près d'abandonner, ce qui paraît plausible, vous travaillez pour rien. Votre talent d'observation s'exerce dans le vide.

— Je n'observe pas vraiment. J'attends que les gens passent dans mon champ visuel.

— Et tout aussitôt, vous les transformez en personnages ? en héros ?

— Non, ils passent, et je les oublie.

(« Sauf une, Frédéric. »)

— Votre... vocation manque un peu d'assise. Mais je n'en puis juger, n'étant pas romancier... Et puis, écrire encore après tant et tant de livres! Ajouter son brin de paille au fumier universel! Passez-moi, je vous prie, ce geste d'humeur facile... Qu'adviendrait-il si l'un des personnages réels vous retenait malgré tout? Vous le feriez parler?

— Non... Je supporte assez mal que les gens racontent leur vie, leur enfance surtout... Cela me gêne pour eux : quoi qu'il vous soit arrivé, comment peut-on se croire intéressant?

— Vous avez raison... Vous connaissez l'exclamation dernière de Napoléon : « Quel roman que ma vie! » Ce qui montre que ce grand homme avait parfois des pensées très médiocres... Pourquoi souriez-vous?

— Mon chef, Pierre Tourny, professe une grande admiration pour Napoléon. Il m'a dit certain jour, je ne sais plus à quelle occasion : « Vous avez le goût des belles phrases, mais pas celui de l'efficacité. Si vous voulez savoir ce qu'est une phrase efficace, celle qui a valeur d'action, qui fait bouger les hommes, lisez la " Proclamation à l'armée d'Italie ". »

— Et votre chef, il fait bouger les hommes?

— Je dois convenir que oui, mais en apparence, et pas à coups de phrases fulgurantes.

— J'en ai vu beaucoup qui lui ressemblaient, et dont les modèles d'action, outre Napoléon, s'appellent de Gaulle ou Kennedy. On ne les rencontre pas au sommet de la hiérarchie. Au sommet, celui qui se prend pour un meneur d'hommes légendaire devient fou... Laissons cela... Pour revenir à l'écrivain, vous savez, je pense, qu'il s'en trouve toujours un sur les navires ?

— Bien sûr... Anciennement, l'on désignait sous ce titre l'agent comptable qui tenait les registres. Il avait même été stipulé qu'il « ne pouvait quitter le vaisseau que le voyage entrepris n'ait été achevé, à peine de perdre ses gages ».

— Quelle mémoire ! Mais c'est parce que la chose vous intéresse. D'autant plus qu'à bord du *Navire Argo,* c'est vous, mon jeune ami, à qui ce rôle sera dévolu, mais vous n'aurez pas à tenir les registres...

— Nous en sommes aux sorbets, et je me demandais si vous viendriez à prononcer le nom de ce navire...

— Vous en pouviez douter ? Vous savez pourtant que rien pour moi ne compte, sinon ce grand dessein... Oui, mon jeune ami, il se construit, et même, j'ai déjà retenu les marins : un Portugais, un Espagnol, un Anglais, trois Français, dont deux briochins, et un autre dont la mer n'a pas bercé les rêves d'enfant puisqu'il vient du pays de la mère aux gaines...

— Autrement dit : Moulins.

— Il est malaisé de vous prendre sans vert... Et savez-vous ce qui différencie ces hommes de leurs congénères ?

— Ils savent excellemment manœuvrer...

— Cela va sans dire, et comme l'attestent leurs états de service. Mais, en outre, ils connaissent plusieurs langues, et ils sont de très remarquables conteurs, vous les apprécierez...

— Au fait, vous avez toujours dessein de précipiter votre bibliothèque à la mer ?

— Pas d'un seul coup. Dans toutes choses, il faut un cérémonial... Vous n'avez pas l'air convaincu ?

— Je ne crois pas que l'on puisse jeter des livres à l'eau, surtout les vôtres dont beaucoup sont précieux...

— Nous verrons... En tout cas, je les embarque. Vous en avez sauvé au moins un : le Rousseau que je vous ai donné. Vous l'avez toujours, je pense ?

— Bien sûr, il est à l'abri.

— Vous les trouverez tous à bord, y compris ceux qu'on ne lit jamais, bien qu'on en parle, comme *La Nouvelle Héloïse* : vous l'avez lue ?

— Je l'ai commencée...

— Vous ne la finirez pas : personne n'a fini *La Nouvelle Héloïse*... Et *L'Émile ?*

— Je ne l'ai pas ouvert...

(« Il s'amuse à me dardillonner. »)

— Je vais vous faire plaisir, mon cher rousseaulâtre... Je ne tiens pas Jean-Jacques pour un père dénaturé... Je pense que s'il n'avait pas fait don de ses enfants à l'État, il n'existerait pas en tant qu'écrivain. Avec cinq moutards dans les jambes, Rousseau ne nous eût pas donné de traité d'éducation, il se serait tué à copier de la musique pour élever ses gosses... Cela dit, je suppose que vous voulez savoir quand nous embarquerons ?

— Quand tout sera prêt, envoyez-moi un télégramme, comme au mois de janvier.

— Je vous ai envoyé un télégramme en janvier ?

— Oui, ainsi conçu : « Serai à Paris dans trois jours — vous téléphonerai. »

— C'est étrange, je ne m'en souviens pas.

(« Mon œil ! »)

— Je me suis imaginé que notre départ était imminent et que le blanc *Navire Argo* était à l'ancre dans un port de l'Atlantique.

— Il n'en était rien, et pour dire le vrai, je ne sais quand cela se fera... Seriez-vous impatient de partir ?

— Je le suis devenu.

— Auriez-vous, vous aussi, quelque chose à jeter par-dessus bord ? Prenez garde : tous les hasards de la navigation ne peuvent nous délivrer de ce que nous sommes... Bon, je deviens doctoral, pardonnez-moi... Qu'allez-vous faire en attendant ? Allez-vous continuer de travailler ?

— Je pense, il y a des choses qui m'amusent.

— Mais après votre journée de labeur, que faites-vous ? Ne me répondez pas si vous me jugez indiscret...

— Je lis. Je tracasse. Je cause avec ma tante, ou plutôt, je l'écoute. Je taquine mon chat...

— Ah, vous avez un chat ? Laissez-moi deviner comment il s'appelle : Vaugelas ? Patru ? Rousseau ? Non ! Vous n'auriez pas commis cette profanation !

— Littré...

— Suis-je bête ! Et il est doué pour le lexique ?

— J'ai voulu savoir s'il était devin. Un soir, j'ai étalé deux alphabets sur la moquette…

— Ah, très bien ! Mais un coq eût mieux fait l'affaire, surtout avec un maître qui s'appelle Mops.

(« Que veut-il dire encore ? C'est agaçant. »)

— … avec sa patte gauche, il a d'abord tiré de quoi former des TLEXYS ou des BWAKRO ; puis il a séparé TRE… J'ai cru qu'il allait écrire son nom… Mais après avoir désigné l'A, puis l'Y, il a dédaigné de poursuivre…

— Ce qui donne AYTRE… Amusant, c'est un ouvrage de Jean Paulhan : *AYTRE, qui perd l'habitude…* Je ne vois pas qu'il y ait un rapport avec vous… Il va falloir nous quitter… Je téléphone pour indiquer que je vous ai retenu, cela vous dispensera de reprendre votre tâche…

Frédéric acquiesça : quelqu'un qui déjeunait avec le Prince Pelée, et avec qui le président aurait plaisir à converser, pouvait s'accorder un après-midi de congé.

Il rentra donc chez lui et trouva Mamitate, buvant sa diurétique bavaroise en compagnie de Marie-Véronique, laquelle préférait de beaucoup le thé à la menthe. Il fut heureux de relater à son amie sa conversation prandiale, en omettant quelques détails.

— Tu m'inquiètes. Ton prince prétend que ces marins babillards savent la manœuvre, c'est possible, mais je crains qu'au milieu d'une tempête ils ne se mettent à déclamer *Les Luisiades…* Bien entendu, tu as envie de t'embarquer dans cette folle histoire…

— Je ne sais pas. Pour l'instant, je n'y crois plus guère.

— Tu as tort, ça va se faire, et fais-moi confiance, tu seras à bord... Je ne vois pas ce qui pourra te retenir.

Lui non plus, il ne voyait pas.

— Tu sais qui a écrit *AYTRE ?*

— *AYTRE qui perd l'habitude ?* Bien sûr, c'est de Jean Paulhan.

Frédéric soupira : « L'on ne sait rien d'un être, pensa-t-il, si l'on ne sait pas ce qu'il sait. »

Autrefois, il eût noté cette réflexion. Mais lui aussi, il avait perdu l'habitude.

Au fil des semaines, Frédéric avait vu s'accroître ses attributions ; d'abord avec déplaisir car il s'était cru ravalé au rang de garçon de bureau. Tous les trois ou quatre jours, il était dépêché dans un service de comptabilité, afin d'y recueillir de grandes enveloppes chargées de documents et infranchissables au regard : il n'y manquait que les sceaux. Il les remettait à Campas qui les décachetait componctieusement. C'était, il s'en avisa, des fiches de travail remplies avec exactitude par les employés eux-mêmes, et contresignées par les responsables. Avaient-elles un caractère si confidentiel que le technicien deuxième échelon du S.O.M dût en faire la collecte ?

— Oui, confirma Campas à M. Mops, il est nécessaire que ces papiers soient remis sans intermédiaire à quelqu'un de chez nous. Avant, c'étaient les chefs de service qui nous les apportaient. Grâce à vous, nous avons pu les décharger de cette obligation. Par le fait que quelqu'un se déplace tout exprès et que nous préservons l'inviolabilité de ces documents... Vous avez l'air chagriné : j'ai dit quelque chose qui vous déplaît ?

— Chagriné est un peu fort... Mais vous avez dit « par le fait » puis énoncé deux faits...

— Avec vous, il faudrait se surveiller en permanence. Au moins, cela prouve que vous êtes attentif.

Quoi qu'il en fût, l'émissaire du S.O.M. ne se gonflait pas d'importance. Il se serait bien passé de jouer les traits d'union. Certes, il n'était pas reçu comme un valet de carreau, mais on lui faisait petite chère. Aussi veillait-il à se montrer toujours des plus affables.

Cette hostilité légère dont M. Mops s'attristait n'avait plus cours quand il se rencontrait avec tel ou tel près de l'appareil dispensateur de boissons dont les inconséquences provoquaient des rires, vite étouffés, la machine étant proche du bureau de M. le directeur du Personnel. Frédéric, par faveur du hasard, recevait toujours dans son gobelet ce qu'il désirait boire, café le matin, soda à l'orange l'après-midi, alors que pas un des habitués ne pouvait prétendre de n'avoir jamais essuyé les caprices du distributeur.

— On voit bien, monsieur Mops, que vous êtes protégé, lui lança, certain jour, sans ombre de jalousie, une employée qui en place de thé s'était vu verser du potage à la tomate.

— Je vous en prie, ne dites pas « monsieur Mops ». J'ai l'impression d'être étranger à moi-même : mon prénom est Frédéric.

— On ne peut pas vous appeler par votre prénom, intervint une autre, cela serait très mal vu.

Il s'était quelquefois, in petto, étonné que son chef s'adressât toujours à ses collaborateurs sur le ton du maître d'école : « Campas, vous pouvez venir me voir deux minutes ? » ; ou : « Mullequin, vous n'avez plus que trois jours pour me remettre votre rapport. »

Mais lui, qui était d'un rang inférieur, pourquoi Tourny, imité par ses assistants, lui donnait-il du « monsieur » ? « Vous vous appliquez trop, monsieur Mops »... Derrière cette marque de déférence, il croyait discerner une manière de mépris.

Cédant à son insistance, les petites camarades de Frédéric consentirent à l'appeler par son prénom, mais précédé de « monsieur ». Il aimait à les retrouver près du distributeur narquois, comme on retrouve, à la récréation, des compagnons de préau

Cette pause dérivative leur était comptée :

— Dix minutes, monsieur Frédéric, nous avons droit, pas davantage ! Sinon : les gros yeux ; l'école primaire, quoi !

Ce sentiment de n'être pas mieux considérées que des enfants que l'on mène aux cimois leur était insupportable :

— Vous comprenez, monsieur Frédéric, l'on est tout le temps surveillé, réprimandé même, pour un oui, pour un non... Alors vous voyez, en plus, cette histoire de fiches de travail...

— Nous, on dit fiches de contrôle...

— Oui, c'est pareil, tout le monde les appelle

comme ça, même le sous-chef, ça lui arrive de se couper... Qu'est-ce que je voulais dire ?

— Tu expliquais quelque chose à M. Frédéric.

— Oui, il faut que vous compreniez que si on a l'air de vous faire la tête quand vous venez chercher vos enveloppes, ce n'est pas à vous qu'on en veut : vous, vous êtes plutôt sympathique...

— Attention, elle vous fait du gringue !

— Elle est bête !... Car enfin, ces fiches de contrôle, elles vont bien servir à quelque chose... Quand « ils » sont venus mettre le système en place, comme ils disent, ils nous ont juré qu'au bout du compte il n'y aurait pas de compression de personnel...

— D'ailleurs, sans ça, les syndicats n'auraient pas donné leur accord...

— Mais sûr, il va y avoir des regroupements, j'ai entendu parler de mobilité, c'est tout dire...

Frédéric ne distinguait pas les raisons qui faisaient ces femmes de tous âges se confier à lui. L'évidence était que, l'ayant saisi en affection, elles se refusaient à le prendre pour une émanation du service « Organisation et Méthodes », et elles ne se privaient pas de chamarrer Tourny de mordante manière.

Que s'il eût voulu dresser un portrait de son chef conforme aux indications charitables par lui recueillies, Frédéric l'aurait pu dépeindre sous les traits d'un arriviste haletant dont les dents rayaient le plancher, d'abondant hypocrite, artificieux, manipulateur ; avec tout cela, et sans conteste, bien mis, charmeur, en un mot séduisant ; en somme tout ce qu'il faut pour « réussir ».

Malgré ce qu'il avait appris par la secrétaire majuscule, dans la navrance et le déchirement (« Non, pas de mots excessifs ! J'ai été déçu, c'est tout »), Frédéric ne décelait pas en son âme quelque raison d'exécrer son chef, et il n'était pas insensible à la bienveillance de ton, parfois circonspecte, dont Tourny usait avec lui. Comme ce jour où :

— Je dois vous faire de grande félicitations, monsieur Mops, un peu tardives, j'en conviens, mais, je l'espère, à la mesure de votre exploit... J'ai su que vous avez été extraordinairement brillant, plus brillant que personne auparavant, au test Hartmann-Perlmuter.

— Veuillez m'excuser, monsieur, qu'est-ce que cette épreuve ?

— Mais voyons, le test de vocabulaire auquel vous avez été soumis, le jour de votre... intégration.

— Le lendemain, monsieur.

— Soit, le lendemain... Trois cents mots, je crois, dont il fallait retrouver la bonne définition ?

Frédéric se retint de préciser qu'il n'en avait compté que deux cent quatre-vingt-dix-sept.

— En effet, monsieur.

— Et en trente minutes ?... Eh bien, non seulement vous êtes allé jusqu'au bout, ce qui est déjà une belle perfomance, mais de plus, vous n'avez commis qu'une seule erreur.

(« J'ai fait une erreur ? Où ? Laquelle ? »)

— Cela n'a pas l'air de vous frapper beaucoup... Vous vous attendiez à ce résultat ?

— Je pensais m'être comporté très honorablement, monsieur.

(« Il tombe sous le sens que le mot dont il s'agit n'est pas dans le Littré, mais comment vérifier ? »)

— Je peux vous dire que moi, pour ce test, j'aurais été assez pâle à côté de vous. Je me défends plus qu'honnêtement au scrabble mais cela n'a rien à voir, le scrabble, c'est de la stratégie, tandis que vous... Vous vous êtes entraîné ? Vous vous êtes exercé en collectionnant les pages « Enrichissez votre vocabulaire » de *Sélection du Reader's digest ?*

(« Dans quelle langue me parle-t-il ? Dérobe-toi, cache ton être, au moindre fil tiré toute la vie se débobine. »)

— Je crois, monsieur, que mon savoir en la matière résulte de ce que j'ai toujours eu le goût des mots, et que je n'en ai laissé passer aucun dont le sens me fût incertain.

— Pour dire les choses plus simplement, vous avez beaucoup lu... Vous savez ce que j'ai cru un moment ? Que vous aviez appris le Dictionnaire ! Absurde, non ?

— Absurde, en effet, monsieur.

Comme Frédéric se retirait :

— Toujours pas de cravate, monsieur Mops ?

— Non monsieur. Cependant ma tenue ne laisse pas d'être correcte.

— Elle est correcte pour nous, et parce que vous n'avez pas de devoir de représentation. S'il fallait que vous participiez, excusez-moi, que vous participassiez à ces conseils où l'on ne voit personne desserrer son col... Cela risque d'ailleurs de vous arriver car je compte vous faire assister bientôt, en qualité de secrétaire, aux réunions mensuelles avec les chefs comptables. Nous verrons si vous rédigez aussi bien que vous parlez, autrement plutôt, sinon vous allez effrayer tout le monde...

L'on en croisait, pourtant, de ces personnages désinvoltes mais d'un certain âge qui s'étaient affranchis de tout raffinement de toilette. Chemise ouverte, et en pantalon de treillis bleu, ils revenaient, goguenards, faisant sonner clair leur clinquante retraite, dans les services où de blêmes successeurs s'épuisaient à les imiter : sous leur férule, naguère, les choses allaient d'un meilleur train. Forts des attaches qu'ils conservaient avec la mère entreprise, ils participaient aux voyages organisés et célébraient avec leurs cadets les fêtes amibiennes de la basse Égypte ou les agapes dysentériques du Paraguay.

Or, bien qu'il mît du cœur à l'ouvrage, le temps était long pour Frédéric. Il n'osait se distraire de sa tâche, mais s'y assoupissait. Deux fois la journée, il descendait au premier étage, où était le distributeur de boissons, et confabulait quelques instants avec tel ou telle qui se trouvait là. Au-dessus de la fente où glisser la monnaie se lisait, sur une simple étiquette : « Coût de la consommation 1,50 F. Mettez la pièce de 0,50 F en premier. » Cette inscription le défrisait. Un matin qu'il était seul devant la machine, il décolla l'étiquette et la remplaça par celle-ci : « Coût de la consommation 1,50 F. Introduisez D'ABORD la pièce de 50 centimes. » A cet instant, le directeur du Personnel surgit, et se plantant devant Frédéric :

— On m'avait bien dit que vous étiez quelqu'un de particulier, fit-il, hochant la tête.

Était-ce une faute ? Il fut surpris de recevoir, transmis par Campas, des compliments de Pierre Tourny.

— Ce simple geste, mon cher, fait de vous un homme de méthode ; d'autant plus que vous avez souligné le mot essentiel : le mot D'ABORD. Mais une autre fois, demandez si vous pouvez faire ça... Je ne sais pas si vous avez compulsé le précis d'organisation de Tourny : il y a un chapitre intitulé : « La parole efficace », où il insiste sur la nécessité de mettre certains mots en exergue... Ce n'est pas correct ? On ne dit pas mettre en exergue ?

— Mieux vaut dire : mettre en évidence... Je ne me suis pas encore donné le loisir de consulter l'ouvrage de M. Tourny. Je l'ai ouvert une seule fois, et refermé tout aussitôt...

— Pourquoi cela ?

— Je suis tombé sur une espèce de boa qui m'a terrifié : le mot « entrepreneurial »...

— Oui, bien sûr, pour un puriste comme vous... Mais vous savez, chaque technique exige son lot de néologismes, c'est nécessaire... Je vous l'accorde : « entrepreneurial » est assez laid. Il n'a d'ailleurs pas été forgé par Tourny : je l'ai rencontré chez.., comment s'appelle-t-il déjà ? Vous savez, l'un des théoriciens de la « gestion participative »...

(« Seigneur ! »)

— J'ignore pleinement de qui il s'agit.

— Passons... C'est pour vous dire que le livre de Tourny comporte quelques emprunts. Il a quelquefois oublié les guillemets, mais son précis fait cependant autorité.

— Je vous promets de surmonter mes petites aversions, ce qui est bien le moindre quand on a la chance de faire œuvre sous un expert... J'aimerais, à moins que je n'empiète sur votre temps, que vous m'éclairiez sur un point...

— J'ai bien cinq minutes...

— C'est sans rapport avec ce dont nous venons de parler... J'ai entendu un jour. M. Mullequin, puis une autre personne, employer avec un accent de dérision évident l'expression « chargé de mission »... Que signifie-t-elle ?

— Elle signifie que celui, ou celle, mais plutôt celui, qui jouit de cet honneur confondant n'est plus rien dans l'entreprise. Il était « cadre », de haut niveau, et un jour son nez a déplu. Il arrive un matin dans son bureau, et veut appeler sa secrétaire : il n'a plus de secrétaire. Il veut s'asseoir : il n'a plus de fauteuil. Affolé, il demande à voir le président : le président est à Vaduz. Le directeur général le laisse croquer le marmot pendant deux heures. Enfin, il le reçoit, jovial, chaleureux : « Quelle idée, mon cher, de vous paniquer ainsi ! Avez-vous cru que nous pouvions nous passer de vos services inestimables? Tout au contraire. Nous allons vous confier d'importantes missions qui exigent une disponibilité totale, etc. » On l'envoie n'importe où. Il pond des rapports qui lui valent leur pesant de félicitations, et que personne ne lira jamais. Il finit par comprendre, ou plutôt il cesse de faire semblant d'être dupe, et il consent, comment dire?... à négocier... C'est ce que Peter appelle la « sublimation percutante ». Vous avez certainement lu *Le Principe de Peter?*

— Je l'ai feuilleté, mais n'en ai rien retenu, mentit Frédéric qui n'avait jamais ouï parler de cet ouvrage.

— Je vous l'apporterai, c'est surtout intéressant pour la terminologie... Il faut prendre garde à ne pas glisser n'importe quels noms sous les portraits types... Et puis, c'est un peu systématique.

Frédéric se demanda s'il lui serait un jour donné d'observer au naturel le spectacle d'un homme destitué de tout pouvoir, errant, livide, par les couloirs vertigineux et gardant le mulet dans l'antichambre du directeur général. Il ne voyait personne, du moins pour l'instant, à qui ce rôle vacillant pût convenir.

« Qu'adviendra-t-il de vous, comptables que j'encaque? J'ignore à quelle sauce relevée d'analyses vous serez accommodés. Je vous épelle, je vous couche, je vous habille de beaux jambages, je lustre vos diplômes, mais de vous ne sais rien et ne veux rien savoir. »

Tout était bon à Frédéric pour pervertir l'ordonnance moutonnière de cette longue file d'employés. Quand il en eut rangé une soixantaine, il les distribua par prénom : les Caroline et les Roger l'emportaient ; par classe d'âge : les moins de trente ans faisaient prime ; par signe astral : ce n'étaient point les « Balance » qui dominaient mais, surprise, les « Bélier » au cul desquels soufflaient les « Taureau ». Ces bêtes irréfléchies broutaient-elles des bordereaux ?

Il épuisa d'autres modes de classement avant de venir aux formes plus régulières. Alors qu'il s'occupait à répartir, à gauche les titulaires des C.A.P., B.P., etc., à droite, l'inculte troupeau, Pierre Tourny en personne poussa la porte du bureau. L'œil du chef embrassa d'un seul coup l'activité frivolante de Frédéric, et ne s'en offusqua point.

— Je vois que vous anticipez un peu sur la finalité de votre travail, du moins vous est-elle perceptible. Vous avez saisi que vous devrez mettre tout cela sous une forme exploitable, dresser les pyramides des âges, tirer des ratios...

(« Mais non ! Je n'ai rien saisi du tout ! »)

— ... Je soupçonne que vous n'êtes pas un grand familier des statistiques, il va falloir vous y mettre... Ceci pourra sans doute vous aider... Je m'excuse, j'ai l'air de me citer.

Tourny avait retiré de la bibliothèque son propre ouvrage qu'il feuilleta rapidement jusqu'au chapitre VII : « Le Personnel », qu'il plaça sous le regard faussement intéressé de Frédéric.

— Vous avez tout le temps nécessaire pour étudier cela. Vous ne pourrez faire œuvre utile que lorsque le travail préparatoire, celui que vous accomplissez présentement, sera achevé... dans quelques semaines peut-être, disons après les vacances... Je crois vous avoir déjà dit que vous vous appliquez un peu trop, il y a des circonstances où le perfectionnisme n'est pas de mise : c'est un frein à l'efficacité... Allez, je vous laisse, bon courage.

Ces derniers mots versèrent un léger baume sur le cœur de Frédéric, que la sensation d'être pris en faute avait époinçonné. La perspective de devoir, un jour prochain, affronter quelque chose d'insurmontable, cette immersion dans le marais mouvant des chiffres, lui fit prendre incontinent la résolution de quitter son emploi : que servait, à son âge, de s'initier à l'analyse statistique ?

Néanmoins, puisque son chef lui-même l'y invitait, il n'hésita plus à entrer de plain-pied dans l'essentiel précis. Il parcourut l'introduction où rien ne l'accrocha, puis, ferme et attentif, pénétra dans le premier chapitre ; et donna dans une phrase qui le fit sursauter : « L'on me pardonnera de citer ici un aphorisme très connu du grand humaniste François Rabelais : " Mieux vaut avoir la tête bien faite que bien pleine. " »

Frédéric douta d'abord de ses yeux, puis, tant la chose imprimée avait de pouvoir sur son esprit, de sa mémoire ; si bien que rentré chez lui, il fondit sur *Les Essais,* livre premier, chapitre XXVI : « ... je voudrais aussi qu'il fût soigneux de lui choisir un conducteur qui eût plutôt la tête bien faite que bien pleine... » L'on pouvait donc être un « cadre » supérieur, se parer du titre d'expert et commettre des contresens aussi grossiers ?

Il se divertit à mettre Campas à l'épreuve :

— Je suis en train de lire, sur le conseil même de M. Tourny, son précis d'organisation... Il cite, dans le chapitre premier, cet axiome assez connu, ce me semble : « Mieux vaut avoir la tête bien faite que bien pleine. » De qui est-ce déjà ?

— Je ne suis pas sûr, mais je parierais pour Pascal.

Frédéric aurait dû se montrer ravi : Tourny faisait appel à son talent supposé de rédacteur :

— Vous connaissez le principe en usage dans l'armée : le colonel charge le capitaine d'une mission que celui-ci demande au lieutenant d'exécuter, etc. Eh bien, j'en suis là : cette année, c'est moi qui dois prononcer le discours en l'honneur des médaillés du travail, et suprême honneur, parmi eux se trouve une femme qui part à la retraite après, tenez-vous bien, avoir trimé pendant cinquante ans, pas chez nous bien sûr, mais c'est ici que son laborieux parcours se termine : il ne doit plus y en avoir beaucoup comme elle en France... Vous voyez, monsieur Mops, ce que j'attends de vous...

— Non monsieur, mentit Frédéric.

— Mais si. Écrivez-moi ce discours. Pas trop de littérature, pas de mots que vous êtes le seul à connaître... Je compte sur vous, et vous en saurai gré.

Non, il n'était pas ravi ! Où son chef avait-il pris que M. Mops pouvait se montrer habile à ce genre d'exercice ? Et cette référence à l'esprit militaire ! Comme s'il avait fait son service !

Il suffisait qu'on lui défendît d'employer des expressions par trop inusitées pour qu'elles accourussent à toute vapeur : faire sa lucrèce, remuer les escabelles, danser les jolivettes, crever comme un vieux mousquet, donner de la gabatine, pleuvoir sur la mercerie, avoir le cœur velu... C'eût été amusant de dire : « Madame X aurait pu passer sa prime jeunesse à faire ses caravanes en jetant son cœur à la gribouillette, au lieu de quoi elle embrassa la religion du travail... »

C'était un défi, un devoir sur un thème imposé. Il chercha l'excitant, l'aiguillon. Il trouva, et le pensum devint un jeu.

Tourny ne vit rien à reprendre, sauf :

— Vous avez un curieux penchant pour l'inversion et le rejet en fin de phrase... Vous ne croyez pas que, plutôt que : « ... celle qui nous fit l'honneur d'achever chez nous sa carrière », « sa carrière chez nous » serait préférable ?

— Cela permet de mettre l'accent sur le mot carrière...

— Je suppose que vous avez raison... Votre discours rend un son curieux, mais il y a çà et là une touche d'humour, le président n'y sera pas insensible. Il va être surpris : je passe pour n'avoir pas une once d'humour.

L'on avait espéré que le ministre du Travail enverrait quelqu'un pour glorifier ces cinquante ans d'asservissement mercenaire ; mais en vain. L'héroïne de la fête attendait les discours, modeste, aux côtés des autres promus, et non loin de Frédéric qui se trouvait là au titre de porte-documents. Il boudait, vexé que le président n'eût pas fait mine de le reconnaître. Tourny s'avança au centre de la salle, salua les sommités, les mesdames, les messieurs, puis :

« Nous sommes réunis pour célébrer encore une fois le mérite de ceux, employés, agents de maîtrise ou bien cadres surpayés (rires) dont nul ne saurait méconnaître quels efforts ils ont pour l'entreprise si bien déployés », etc.

Applaudissements. Allocutions du directeur du Personnel, puis du président. Remise des médailles, des montres, du poste de télévision pour la « cinquantenaire », laquelle pique un soleil sous les accolades. Tous au buffet. Frédéric vit le grand sachem s'approcher de Tourny, et il tendit l'oreille :

— Mon cher, je dois vous adresser des compliments tout particuliers... Je ne vous soupçonnais pas ce talent...

— J'ai fait comme j'ai pu, monsieur.

— Certes, certes... mais davantage encore... Vous savez, s'il ne s'était pas trouvé dans votre discours un alexandrin tout pur : « Je vais dire vos noms pour qu'on les applaudisse », je me demande honnêtement si je me serais avisé qu'il était en vers... Donnez-moi votre feuille... merci... Il suffit de remettre les choses dans l'ordre :

Nous sommes réunis pour célébrer encor(e)
une fois le mérite de ceux, employés,
agents de maîtrise ou bien cadres surpayés,
dont nul ne saurait méconnaître quels efforts
ils ont pour l'entreprise si bien déployés...

ou, plus loin :

et il nous faut célébrer de haute manière
celle qui (badaboum badaboum)
nous fit l'honneur d'achever chez nous sa carrière...

Vous ne manquez pas de savoir-faire. L'astuce, c'est de masquer la césure... Je me suis adonné à la poésie quand j'étais jeune, cela m'a procuré un peu d'oreille... Dans d'autres circonstances, je ne dis pas que je ne vous mettrai pas à contribution...

— Je suis à vos ordres, monsieur.

Frédéric s'attendait à essuyer une mercuriale. Aussi, se jugeant lui-même sans excuses, entra-t-il, le cœur soubresautant, chez Tourny quand celui-ci le fit appeler : mais pourquoi ce trouble angoisseux puisque à la première remontrance, qu'est-ce qui pouvait le retenir de claquer la porte ? L'humeur fraîche et joyeuse de son chef le surprit.

— Avec vous, il ne faut pas manquer de réflexe... J'ai compris votre démarche : pour sortir d'une obligation, ce qu'il faut, c'est trouver une autre contrainte... J'use quelquefois de ce procédé... Quand même, vous auriez pu m'avertir.

(« L'avertir ? Pour qu'il me demande de refaire " son " discours ! Merci bien ! En somme, je lui ai rendu un signalé service auprès du président... Et moi dans tout cela ? " Suis-je condamné à me faire renvoyer l'éteuf ? " »)

Ce furent les vacances, M. Mops n'avait droit qu'à huit jours. Il partit le premier, se proposant de renouer avec une vocation ancienne : arpenteur des rues de Paris. Mais la forte chaleur l'en dissuada.

Il alla trouver Marie-Véronique, chez elle, dans ce bel appartement où il n'entrait presque jamais, de crainte de voir surgir « l'ami » de son amie. Elle-même sans doute y était mal à l'aise, car elle se rendait souvent chez Mamitate.

Il consentit à dîner dans la cuisine, trop moderne à son goût, ce dont Marie-Véronique était d'accord. Elle posa une assiette de jambon, une salade de pommes de terre...

— Il manque quelque chose, dit Frédéric.

— Je l'ai fait exprès.

Elle alla chercher le bocal de cornichons.

Comme « le premier jour », dans cet infime studio du Quartier latin — quelle rue ? —, ils dormirent côte à côte, sans se toucher. Mais était-ce encore un jeu ? Ils étaient arrivés à ce degré d'intimité où faire l'amour commence à ressembler à une extravagance.

Quand il regagna son « lieu de travail », le seul Mullequin était présent. Tourny fendait les airs en direction du Sri Lanka, Bussot hissait sa femme vers l'Acropole, et Campas, qu'une colite déclarée tourmentait, se prêtait à de minutieux examens dans un hôpital. Deux matins de suite, M. Frédéric Mops, technicien deuxième échelon, régna sur une enfilade de pièces désertes. Il fit mine de s'installer dans le fauteuil de Tourny, dénoua une cravate imaginaire, fit un pied de nez à l'affichette N'ENTREZ PAS ICI SANS SOLUTION, tenta, sans succès, d'ouvrir les tiroirs, et, comme pour se convaincre de l'importance qui vous vient quand ceux qui commandent sont absents, il proclama d'une voix théâtrale : « Je suis le Seigneur du Bureau ! »

Mamitate ne risquait pas de croiser son « amie » Delphine, la « peinctresse » du deuxième étage : celle-ci ne sortait plus. Que faisait-elle, séquestrée du monde, dans sa chambre-atelier ?

— Je me demande vraiment si elle peint. Et toi Littré ? Toujours à dormir ce chat... Je ne peux pas croire qu'elle s'amuse toute la journée à dessiner des taches de sang. Elle a dû en mettre partout... Tu imagines ça un appartement tout éclaboussé, comme après un égorgement monstre ? Ça ressemble à du grand-guignol... Tu n'as pas connu le Grand-Guignol... J'y suis allée une fois, non, deux, avec mon pauvre homme... On découpait les gens sur scène, on leur crevait les yeux, on leur sortait les intestins, quelle horreur... Après, ils venaient saluer, ça faisait drôle... Il y avait des gens qui tournaient de l'œil, et je me rappelle à l'entrée on pouvait lire un avertissement comme quoi le spectacle était déconseillé aux personnes du sexe qui se trouvaient dans une position intéressante... intéressante, pas toujours... Quand même, je devrais essayer de savoir si elle va bien... La concierge m'a dit qu'elle l'aperçoit quelquefois faire ses courses, et puis elle reçoit beaucoup de courrier... Je me demande à quelle heure, moi je ne la vois plus... Elle doit faire peur aux gens dans la rue avec tous ses voiles noirs... Qu'est-ce qu'elle m'a dit déjà ? Qu'elle portait le deuil de tous les artistes assassinés par la bêtise et la spéculation... Demain, je prendrai de ses nouvelles...

Elle peignait, Delphine, et sans discontinuer, si bien qu'un soir, elle monta de nouveau tambouriner à la porte de Mamitate qui, effrayée, pria Frédéric d'aller ouvrir.

— Cette fois, Charlotte, nous y sommes ! Mon premier vernissage ! Je vous ai apporté des cartons d'invitation. Venez avec votre grand neveu, c'est à côté...

Ils ne pouvaient se dérober : la galerie se trouvait à deux pas. L'afflux des amateurs les étonna : avaient-ils humé l'odeur du sang ? L'on avait improvisé un buffet, sur des tréteaux ; un tonnelet débitait du beaujolais : ce qui coulait sur le bitume, c'était du vin.

Mamitate, au bras de Frédéric, n'osait fendre la presse. L'artiste, sur qui pleuvaient dru des compliments holophrastiques, les amena gentiment devant ses œuvres :

— Vous vous rappelez, Charlotte, ce que vous m'aviez suggéré : de me rendre dans une boucherie, de demander du sang de bœuf et hop ! Vous m'avez sans le vouloir ouvert une voie... J'ai réfléchi que je ne pouvais me contenter de peindre des taches sur une surface blanche... Il fallait mettre la matière en situation, trouver des supports... Le plus simple, le plus évident, c'est cela... Regardez...

Le tablier de boucher, pendu au croc, tendu ou gongonnant, flaqué de sang, attestait le triomphe irréfutable du trompe-l'œil.

— Et croyez-moi, ce n'est pas dessiné comme ça, au hasard du pinceau... Elles ont une forme mes taches, une forme !

L'on avait aussi sujet de tomber dans les pâmes devant une collection de bandages croisés sur des torses qu'ils épousaient étroitement, ou des boucles d'oreilles perlant d'hémoglobine, ou encore, et les interjections fusaient, une tête de clown dont le maquillage s'écroûtait de balafres sanguinolentes...

Au milieu de ce brouhaha d'éloges, dont Mamitate se réjouissait pour Delphine, bien que le cœur lui soulevât, l'artiste peu à peu sembla s'absenter. Elle s'en expliqua plus tard à Mamitate :

— Vous savez ce qu'a écrit Montherlant... Votre neveu qui lit beaucoup, je crois, doit le connaître...

— Très mal, répondit Frédéric, lequel, à la tête de cinq mille ouvrages, s'étonnait toujours de ne posséder pas les livres dont les autres se nourrissaient.

— Bien sûr, Montherlant est quelqu'un d'affreux... quand même, quelquefois... C'est dans *La Petite Infante de Castille*... Il dit : « Tout ce qui est atteint est détruit. » C'est très vrai... Cela me fait grand plaisir d'être reconnue, mais une période de ma vie de peintre s'achève, s'abolit... Il va falloir aller vers autre chose, je ne sais pas vers quoi...

— Qu'est-ce qu'elle va nous sortir maintenant !

terne, mais de devoir porter une cravate, comme Tourny le lui avait « suggéré » :

— Vous comprenez, monsieur Mops, vous ne pouvez, dans la circonstance, vous soustraire à cette contrainte. Quelle tête feriez-vous, seul sans cravate, au milieu de nous tous ? Et puis, n'oubliez pas que vous appartenez au S.O.M.

Voilà la bonne raison, avait soupiré Frédéric.

Il souffrait, davantage, de respirer l'haleine cendreuse de ces hommes de belle engeance. Tourny était de ceux qui toutes les trois semaines cessaient de fumer une fois pour toutes, pendant huit jours. La réunion mensuelle avec les chefs comptables lui donnait l'occasion de montrer sa fermeté, car n'ayant plus de cigarettes sur lui, il n'en acceptait que cinq ou six, parfois sept. Frédéric, non-fumeur invétéré, s'étonnait.

Face à lui, ventre déboutonné — mais quelle cravate ! —, M. Duchesne, le directeur de la comptabilité, enveloppait l'assistance d'un regard de commisération. Le Personnel, c'était son affaire, sa vocation, son violon d'Ingres. Il récusait d'un haussement d'épaules l'accusation de paternalisme sous laquelle il comparaissait, non devant ses pairs, mais devant une basse-cour de songe-creux et de becques-cornus.

Que lui reprochait-on, sinon d'avoir pour ses brebis la vigilance du berger et la ferme sagesse du guide ? Il était leur chef : n'était-ce pas son rôle de les éclairer, de leur tracer la voie, d'intervenir dans toute occasion où elles seraient au péril de s'égarer ?

Il n'était point de circonstance, si intime fût-elle, sur quoi ne se portât la sollicitude de M. Duchesne.

Certes, il avait proscrit les plantes, décision prise à contrecœur pour mettre fin à l'invasion proliférante de la patience, bouturée à tout-va par un horticulteur de balcon. Il avait presque aussitôt, par mesure de compensation, autorisé les employés à disposer des photos de famille sur leur table de travail. Quand il faisait sa tournée du matin, il feignait de s'attendrir devant ces cubes dont chaque face assortie d'un portrait témoignait d'un bonheur simple. Il taquinait telle petite aide-comptable, prompte à s'empourprer, sur ses relations avec le militaire béat qui souriait sous verre, ou il s'étonnait de ne pouvoir se récréer la vue par l'image charmante d'une jeune fille en maillot de bain « une pièce », celle du bas. Ouvert aux dernières confidences, il ne barguignait pas, toute honte bannie, à entreprendre les femmes sur le chapitre de leurs vapeurs secrètes ou de leurs males semaines. Telle de lui pouvait prendre conseil sur le point de savoir si elle devait interrompre une grossesse non souhaitée, telle autre si, son fiancé la pressant avec raideur, elle avait intérêt à lui céder. « Je suis leur directeur de conscience sans le tralala de l'Église. » A vrai dire, on ne se bousculait guère au confessionnal.

Cette paternelle, disons mieux, avunculaire, compatissance à l'égard de ses subordonnés aidait M. Duchesne à surmonter son propre et seul problème : sa taille, qui était celle d'un Français moyen de 1876. Grâce à son statut, il pouvait toiser les

« cadres » subalternes qui lui accolaient la botte et qui s'esclaffaient à ses histoires « belges » de troisième main. Ils formaient un groupe compact dont aucun membre ne se hasardait à faire bande à part, et le déjeuner pris, Duchesne et ses « maréchaux » — ainsi appelait-il ses collaborateurs — envahissaient, mais en bon ordre et sans éclat de voix, un café proche où le chef, de première force au billard électrique, humiliait débonnairement ses hommes, lesquels faisaient merveille pour le laisser gagner.

Cette notion de « grande équipe familiale » chère à M. Duchesne justifiait qu'il répudiât ceux qui n'y adhéraient pas. Aussi avait-il toujours sous la main quelque « bonhomme » ou « bonne femme » capable d'exercer sa compétence dans tout autre service.

Derrière la fumée, piquante plus que picotante, Frédéric cachait son étonnement. Quelles affaires se négociaient autour de cette table ? Quelle marchandise de défaite ou de rebut se refilait-on ? Il s'agissait bien d'aides-comptables, d'employés dits administratifs, de dactylographes mutables et transférables à merci que le préposé au fichier identifiait au passage ; le temps de prononcer leur nom, ils prenaient consistance.

Il était là non pour s'émouvoir, mais pour noter ; ce qui lui était incommode. Le divertissant, l'instructif, c'était d'observer dans l'exercice de leur pouvoir ces hommes pleins d'eux-mêmes. Tourny, dans la fonction que découvrait Frédéric de distributeur de rôles secondaires, semblait à lui seul digne d'être étudié.

— Tu vois, dit à Marie-Véronique le transitoire seigneur du bureau, Tourny pratique ce que l'on pourrait appeler la « suggestion argumentée »...

— Très bon... Tu es entré dans le vocabulaire technocratique...

— Provisoirement... Je l'oublierai sitôt quittée cette entreprise...

— Sitôt, est-ce bientôt ?

— Je ne puis répondre, je n'en sais rien... Pour lors, l'envie de fuir ne m'étrangle pas. J'aurais cru Tourny, comment dire ? plus pressant... Au fond, il me laisse tranquille. J'ai parfois l'impression de travailler par pur désœuvrement.

Frédéric avait tenté d'assimiler le chapitre intitulé : « Comment prendre des notes », du précis magistral, mais sa tête s'y était refusée. « Je verrai bien quand je serai au fait et au prendre. »

Dans la crainte d'omettre un point de conséquence, et passé quelques minutes de brumeuse incertitude, il notait à tire de plume.

Quand les « problèmes de Personnel » eurent cessé d'agiter les Importants, Frédéric fut prié, amicalement, de quitter la place. L'on allait traiter de choses encore plus confidentielles dont un technicien deuxième échelon n'avait pas à connaître. Dans le couloir, il croisa le directeur financier accosté de Gilbert, le fils du président, sans cravate, et il ôta vivement la sienne.

Il décida, étant seul, de téléphoner à Campas qui,

sur son lit d'hôpital, pleurait le morceau d'intestin qu'on lui avait retranché : c'était pure courtoisie. Il fut gêné d'entendre son collègue, et néanmoins supérieur, se déborder en remerciements. Aucun autre collaborateur de Tourny n'avait encore pris de ses nouvelles, et Campas montrait d'en être affecté.

Tourny voulut voir les notes de son sous-ordre avant que Frédéric ne les mît en forme.

— Je me demande comment vous faites pour que votre écriture reste aussi nette... Vous savez, c'est inutile de les recopier... Laissez-les-moi, j'en ferai bon usage... Vous avez vraiment tout noté, y compris la petite manie langagière de Duchesne : « Je vous prie de vouloir bien... » Cela ne vous a pas semblé curieux, vous qui êtes sensible à ce genre de choses, que l'on emploie cette formule dans la conversation ?

— Il semble que M. Duchesne tienne à ce que l'on sache qu'il y tient.

— Oui, c'est son dada : « Je vous prie de vouloir bien » s'il s'adresse à un subordonné, comme le sont tous les chefs comptables par rapport à lui, et « je vous prie de bien vouloir » dans l'autre sens. Mais Duchesne s'arrange toujours pour n'avoir pas à employer la seconde formule : sa distinction ne joue pas à plein...

(« ... Et elle ne l'empêche pas de dire “ malgré que ” ou cette merveille dont il faut que je me souvienne : “ Cela dépend du point de vue auquel on se base. ” »)

Frédéric fut aise de n'avoir pas à rédiger sa partie. Mais beaucoup moins d'être embâté du travail de

Campas pour ce qui concernait les effectifs. Il était quitte, pour l'instant, des « analyses statistiques » auxquelles il ne doutait pas de se révéler merveilleusement impropre.

Il dut bientôt faire face à une nouvelle épreuve :

— Il faut que vous sachiez, l'instruisit Tourny, que les états doivent nous parvenir au plus tard le 25 du mois. M. Palanquiers, de la comptabilité clients, est toujours, je dis toujours, en retard. Jusqu'à présent, nous nous contentions de lui envoyer un mot de rappel. Mais puisque vous savez écrire, je veux que cette fois-ci vous lui adressiez une lettre très sèche, en mon nom, bien entendu.

Frédéric eut beau se dire qu'il n'était qu'à demi concerné par cette affaire, la pensée de devoir forcer sa nature pour faire de la peine à quelqu'un lui était dure. Il imaginait le pauvre Palanquiers rencognant rageusement ses larmes au reçu de l'admonition. Au lieu de donner dans la sécheresse, il coula dans la suavité, au point que des formules anciennes, nées dans les ruelles des précieuses, lui vinrent sous la plume : « Votre affectionné à vous rendre service », ou : « Je vous assure de mes obéissances ». Il parvint à les chasser.

Cette douceur dont il n'avait pu se défendre transparut dans la première copie qu'il remit à son chef, lequel la lui rendit en secouant la tête. L'agacement lui fit, à la fin, trouver le ton qui convenait :

Monsieur,

Selon les termes de notre accord, sanctionnés

par la Direction Générale, vous avez contracté l'obligation expresse d'adresser au service « Organisation et Méthodes » l'état de votre effectif, avant le 25 de chaque mois.

Je vous prie de me faire parvenir ce document sous 48 heures et de veiller dorénavant à vous conformer à la règle commune.

— C'est à peu près cela, concéda le chef. Il va falloir vous façonner au style administratif.

Tourny supprima « contracté » : « Un accord n'est pas un contrat » ; barra « je vous prie » : « Ne priez pas, remerciez : je vous remercie de... » ; remplaça « Direction Générale » par « M. le Directeur Général », et « sanctionnés » par « confirmés ».

— Je sais bien que « sanctionner » veut dire « approuver », mais tout le monde l'a oublié, sauf vous bien entendu. On ne peut plus l'employer dans ce sens, cela crée une ambiguïté... Il y a un autre mot, soufflez-le-moi...

— Une amphibologie.

— Merci... Quand vous partirez, je vous remplacerai par un dictionnaire, en plusieurs tomes s'il le faut... Vous m'indiquerez le meilleur...

Frédéric s'interloqua : sur quoi se fondait Tourny pour conclure à son départ ? Jugeait-on qu'il était si peu assortissant au service ? Le trouvait-on trop « particulier » ? Ce nœud de questions lui faisait la gorge sèche comme une lettre d'avertissement. Il les sentait rouler dans sa tête tandis qu'il apportait lui-même le mot meurtrier à Mme Gith, qui gouvernait l'assemblée des dactylographes (il refusait de dire « pool »). Il ne s'attarda pas : ces deux rangs de jeunes femmes muées en abeilles crépitantes l'angoissaient.

Trois heures pour accoucher de quelques lignes ! Encore doutait-il de son français...

Quelle importance qu'il se « façonne au style administratif » ! Aurait-il jamais l'occasion, hors du bureau, d'écrire : « Envoyez-moi ceci, ou cela, sous 48 heures » ?

« Quand vous partirez... » Le certain était que dans ce repaire d'hommes de chiffres, il faisait figure d'intrus. Mais lui, au moins, n'attribuait pas à Rabelais le précepte le plus ressassé de Montaigne !

Cependant, il lui fâchait d'être regardé comme une pièce rapportée. C'était comme si on lui eût refusé le plein exercice de sa citoyenneté. Il résolut de prouver qu'il était capable d'endosser l'habit du statisticien. Après tout, comme il l'avait entendu dire à Mme M..., la virulente hallebreda du troisième : il n'était pas plus bête qu'un autre !

Il savait écrire, il saurait calculer, « dépouiller », analyser, « exploiter » : n'avait-il pas sous la main l'évangile du service, le précis d'organisation, produit par M. Tourny, à l'âge de vingt-sept ans, s'il vous plaît.

Quand il aurait fini de changer tout le personnel de la comptabilité en un troupeau docile et bon pour la transhumance, rien ne l'empêcherait de se rendre maître du grand travail dont Tourny l'avait menacé, et que son chef, aujourd'hui, semblait le croire indigne ou hors de sa portée d'accomplir. Mais si, je les édifierai, tes pyramides des âges ! Je les calculerai tes ratios !

Comme pour répondre à cet accès d'orgueilleuse ferveur, Tourny vint confier à M. Mops une petite tâche supplémentaire et d'intérêt général : dresser selon les normes l'organigramme des grands services. Frédéric fut très attentif aux explications de son chef, qui lui crayonna un schéma.

— Appliquez-vous, pour une fois c'est nécessaire. Nous le mettrons en tête de notre rapport pour donner l'état présent des choses. Après, vous en ferez un autre qui tiendra compte des modifications que nous aurons apportées.

Grâce au modèle inclus dans l'ouvrage de référence, Frédéric s'acquitta de ce devoir sans trop de peine. Il tirait la langue en inscrivant les noms des Responsables dans les rectangles appropriés. Alors qu'il se disposait à soumettre son œuvre à l'appréciation du Chef, il s'aperçut qu'il avait laissé sans propriétaire la case du directeur de la comptabilité : ce devait être un signe.

Il fut complimenté, ce dont il conçut une certaine fierté, comme un élève que l'on inscrit au tableau d'honneur. On ne sort jamais de l'école.

Tourny, pour lors, ne quittait plus le service, en raison de l'absence de Campas, lequel, merci bien, se rétablissait. Il venait chercher son élève à l'heure du déjeuner, et Frédéric se retrouvait en compagnie des « cadres » de haute catégorie. Ainsi avait-il l'occasion — Tourny disait : l'opportunité — de coudoyer des hommes — les « décisionnaires » — de qui dépendaient l'accroissement de l'entreprise et l'élévation des individus.

Quelquefois, l'on se rendait de concert au restaurant le plus proche, trop « fonctionnel » au goût de Frédéric qui admirait l'appétit de son chef : difficile de croire qu'il souffrait d'un ulcère.

Le grand amusement, c'était d'exciter le fils du président, que tout le monde, sauf M. Mops, appelait Gilbert, à parler d'astronomie. Il décollait aussitôt, et se transportait à l'origine de l'univers dont l'expansion perpétuelle promettait des heures illuminées aux brasseurs de galaxies. Frédéric admirait la science de ce garçon dont la « serrure brouillée » divertissait les béfleurs de petite espèce. Qu'aurait répondu M. Mops si on lui avait demandé quel était son violon d'Ingres? Il en tremblait, mais cela ne se produisit pas.

C'était, la plupart du temps, M. de Rouÿ, le directeur financier, « petit noble à nasarde enté sur sauvageon », qui tenait le dé : ses paroles avaient du poids. Tourny, un jour, mit en garde son subordonné :

— Je vous le dis en confidence : méfiez-vous de lui. Il sait naviguer au mieux de ses intérêts, et il trouve les bons appuis... Je vous expliquerai comment il s'y est pris pour déboulonner son prédécesseur...

On lui avait d'abord ôté sa secrétaire à celui-là? son bureau? son fauteuil? On l'avait envoyé en mission à Ouagadougou? J'aurais aimé voir cela, pensa Frédéric qui, d'une part, tint l'avertissement inutile — que risquait-il, humble sous-ordre? — et, d'autre part, se demanda comment Tourny avait réussi à mettre hors jeu ses propres rivaux.

L'on faisait mine, en tout cas, de se bien pénétrer des oracles de M. de Rouÿ : ce n'était pas le responsable des comptes de la société qui s'exprimait, c'était le grand argentier de la République.

Dans cette enfilade de propos décisifs, un mot composé troublait Frédéric au sujet duquel il n'oserait jamais montrer son béjaune et solliciter d'être éclairci. Qu'était-ce qu'un cache-flots? Quelle importance avait-il pour que le directeur financier y fît à tout instant référence? Le Littré, entre cache-entrée et cache-folie, ne lui faisait aucune place, ni le (petit) Robert qui entre le cache-flammes et le cache-misère ne souffrait que le cachemire. Ce devait être un produit de l'argot de métier, et Frédéric, dont l'ambition suprême n'était pas de manipuler les zéros, n'avait rien à faire du cache-flots.

Avec tout ça, mesdames et messieurs, Frédéric ne voyait plus Aline. Bonjour le matin, le soir ils ne partaient pas à la même heure. Ils se croisaient, elle lui souriait avec, croyait-il, un air de tendresse. Il n'avait plus contre elle ombre de ressentiment, et de quoi aurait-il pu lui en vouloir ? Qui lui donnait le droit de la juger ? Renaissait en lui le divin aiguillon. Mais comment renouer, surtout maintenant qu'il vivait sous l'étroite obédience de Tourny ?

Ce fut elle qui prit l'initiative, en lui téléphonant, au bureau de Campas où — pour être plus près de moi, avait prétendu le Chef — il s'était installé.

— J'ai quelque chose à vous dire, vous croyez que je peux venir vous voir ?

— Oui, à cinq heures si vous voulez, bredouilla-t-il. M. Tourny a rendez-vous avec le directeur général.

— D'accord, je serai là.

Ces rendez-vous de dix-sept heures avec la haute direction donnaient à sourire à Frédéric qui, un jour, avait surpris au détour d'un couloir un conciliabule entre deux Responsables ; l'un, élevant au ciel le regard extatique de l'amant favorisé, avait émis, dans un souffle : « Je vois le président à cinq heures. »

Il l'attendit dans la fièvre, l'impatience, le désordre du cœur. Aline quitta sa place au moment même où sortait la marquise, et vint heurter à la porte quatre minutes plus tard. Une voix trébuchante lui dit d'entrer.

Elle s'assit sur un coin du bureau :

— Voilà, je m'en vais...

Quelle jeune fille, autrefois — mais était-ce si lointain — lui avait annoncé son départ en usant de la même introduction ?

— Vous... vous partez ? Vous quittez la société ?

— Oui, dans un mois... quand j'aurai fini mon préavis...

— Ah oui, bien sûr, le préavis...

— Remarquez, je ne le ferai pas en entier, j'ai encore des jours de congé à prendre...

— Oui, évidemment, si vous avez des jours de congé...

— J'ai pensé... ce ne serait pas mal, ce serait même bien si nous dînions tous les deux... Je connais un bon petit restaurant... demain soir, par exemple...

— Demain soir ? Oui, c'est d'accord... Je préviendrai chez moi... Demain soir, c'est bien...

Elle marcha vers la porte d'un pas vif, puis se ravisa, revint à Frédéric, se pencha, l'embrassa sur la bouche, et de nouveau, preste, souriante :

— Demain soir...

Beaucoup s'en fallait que Frédéric eût l'encolure d'un grand chasseur de croupes. Il lui arrivait bien de suivre quelques derrières dont l'ondulante gaieté l'avait ému : c'était par pur réflexe et sans esprit de conquête. Aborder une femme, la circonvenir de niaiseries éculées dans le seul dessein de goûter avec elle quelques instants de démence vénérienne, rien que d'y penser, son cœur breloquait.

Quand il se sentait d'humeur priapique, plutôt que d'aller en garouage, il entrait dans certaine brasserie proche de l'Hôtel de Ville, s'asseyait à la place qu'il s'était assignée, et attendait que Françoise, la serveuse dont les douces privautés lui étaient acquises, lui apportât son demi de diabolo-menthe. Elle souriait en lui glissant une clé par-dessous son plateau : monte et attends-moi ; ou elle faisait non de la tête ; ce n'était pas le jour.

Françoise jouissait d'une chambre bien ordonnée — « j'ai le goût du ménage », disait-elle — avec pour appendicules une claire cuisinette, une douche, un petit rangement. Il s'allongeait, et le plus souvent s'endormait ; un tambourinement très appuyé l'éveil-

Aline ? Aline, c'était différent. Bien qu'il fût persuadé de n'être pas amoureux de l'hôtesse, Frédéric avait une grande curiosité de son corps. Il désirait de la voir nue, dévêtue même de son parfum diurne, et avançant vers lui, rose de consentement. Il secoua la tête, se traita de songe-creux, d'assemble-nuages, de cogne-fétu, de... suffit pour aujourd'hui.

Mais d'abord, allons dîner.

Frédéric était de ceux qui sacrifient encore à l'usage de s'habiller quand ils sont de frairie ; il est vrai qu'il ne sortait presque jamais. Il étrennait une chemise lilas et, beau sacrifice, une cravate vieux rose à fines rayures crème. Aline dont le tailleur bleu pastel s'harmoniait au costume de son partenaire le complimenta.

Elle savait un petit restaurant dans le quartier des Ternes, où, par coïncidence, elle habitait. Avait-elle coutume d'y emmener ses amants ?

Ce n'était pas le *Mandepatan* mais l'on pouvait éviter les harengs. Quant aux épinards qui sont, dit Littré, « la mort au beurre », ils n'accompagnaient aucun plat. Ils choisirent le menu intermédiaire dont le poulet aux morilles constituait le royal ornement. Aline demanda un changement de garniture, ce qui parut très audacieux à Frédéric.

Il avait beau s'en défendre : chaque geste de l'hôtesse le faisait fondre.

— Je sais que je ne suis pas désagréable à regarder, mais n'en perdez pas l'appétit... Vous n'aimez pas les morilles ?

— Si, ma tante fait des omelettes avec.

(« Pas fameuse cette phrase, mais tant pis. »)

— Vous vivez chez votre tante ? Vous ne m'avez jamais parlé d'elle... C'est ce que j'aime bien en vous : vous êtes très réservé, et même un peu secret...

— Je ne sais pas non plus grand-chose de vous, sauf...

Il se mordit la lèvre.

— Sauf ?...

— Sauf que vous allez partir, et je crois avoir deviné ce que vous comptez faire...

— Dites-moi...

— J'ai aperçu un jour, sur votre bureau, une méthode d'anglais et quelques opuscules de voyages...

— Vous avez aperçu ? Il a fallu que vous vous approchiez...

— En effet... Vous voyez, je suis réservé, mais avec une pointe d'indiscrétion... C'est parce que...

— Oui ?...

— Parce que je m'intéresse à vous... J'ai conclu, témérairement peut-être, que vous envisagiez d'entrer dans une agence...

— Ce n'est pas exactement ça, mais pas loin... je vous expliquerai...

Ils closirent[1] le dîner, elle, par une mousse au chocolat, lui, par une tarte dont les maladroites sœurs Tatin ont transmis le secret aux restaurateurs sans imagination.

Elle demanda la note — « Vous êtes mon invité », — régla, se rendit aux toilettes... Frédéric était de moins en moins sûr qu'Aline eût l'intention de l'introduire dans sa chambre à coucher.

Elle revint : « Nous pourrions voir un film pour terminer la soirée... Je connais un petit cinéma, rue Troyon... » Frédéric baissa la tête, ce qu'elle prit pour un acquiescement.

(« Petit restaurant, petit cinéma... Tout à l'avenant. Chez elle on doit être à l'étroit. »)

— J'aime beaucoup Capra, pas vous ?

Il ne connaissait ni Capra ni aucun des metteurs en scène qu'elle aurait cités, pour la raison qu'il était très éloigné d'être un fervent du septième art.

— Jamais, jamais ? Vous avez tort... C'est vrai qu'avec votre vue...

Ils s'installèrent au quatrième rang par égard pour la myopie de Frédéric, seuls ou presque : six fauteuils plus loin béait un solitaire.

Sur l'écran, la vie était belle pour George Bailey, prêteur au grand cœur, floué par un vautour, et sauvé du suicide par un ange aptère, et du déshon-

1. « Des grammairiens se sont plaints qu'on laissât sans raison tomber en désuétude plusieurs formes du verbe clore. Pourquoi ne dirait-on pas : nous closons, je closais, je closis ? » (Littré, *Dictionnaire*.)

neur par la foule miséricordieuse des petites gens. Ils goûtèrent cette aventure par échappées. Tout de suite, elle se pressa contre Frédéric et prit sa bouche. Il se demanda, pâmé, d'où lui venait son haleine framboisée. Elle accompagna ses baisers — « Comment déjà ? Ah, oui ! des baisers colombins » — par de lentes caresses sur la nuque, le front, les joues. Il appelait en son intime le geste obscène. Elle ne laissa pas paraître qu'elle y songeait : ce devait être des baisers d'adieu...

— Vous avez aimé ?

— Oui, beaucoup, répondit-il. (Mais de quoi parlait-elle ?)

— Ce qui me plaît dans ces films-là, je veux dire les films de Capra, c'est que... c'est peut-être un peu excessif de penser ça, c'est qu'ils vous rendent meilleur, on se sent plein d'enthousiasme, on a envie de tenir tête aux méchants du monde entier... Vous devriez aller voir *Mr. Smith au Sénat,* ou *L'Extravagant Mr. Deeds,* vous comprendrez encore mieux...

Elle va les citer tous, pensa-t-il, honteux de son inculture en la matière.

— J'habite tout près, avenue Niel, c'est à cinq minutes...

(« Elle a dit cinq minutes ! Mais peut-être qu'à la porte... ah oui ! " Je vous remercie pour cette agréable soirée, rentrez vite chez vous, il est tard, à demain... non, demain c'est samedi... à lundi... " C'était bien la peine de dire à Mamitate que je ne rentrerais pas... »)

Avec une douce autorité, elle saisit la main de

Frédéric (« Je ne m'en irai pas ! ») qu'elle ne lâcha que pour extraire son trousseau de clés et ouvrir la porte de son appartement, au septième étage d'un immeuble bourgeois des années trente.

— Ce sont deux anciennes chambres de bonne qu'on a réunies pour faire un studio... Ce n'est pas très grand, mais j'ai tout.

Il était entré ! Le dernier verre sans doute, rien de plus...

— Je n'ai que de la limonade à vous offrir, mais fraîche... ah, j'ai aussi de la menthe ! Ça vous convient ?

— Mais oui, le mieux du monde : je suis un adepte du diabolo-menthe...

(« Est-ce que tu vas jouer longtemps les cocardeaux enfarinés ? »)

— Mettez-vous à l'aise... Retirez au moins votre cravate, je sais que vous n'aimez pas en porter... On vous fait toujours des remarques au bureau ?

— Quelquefois, mais sur un ton amical. Je me contrains les jours de réunion...

Elle posa son verre :

— Il est tard...

(« Mais oui, je rentre ! »)

— ... vous allez avoir du mal à trouver un taxi... le mieux, ce serait que vous dormiez ici, on peut s'arranger... Le fauteuil où vous êtes, il se déplie, je le prendrai, et vous, vous coucherez dans la chambre, je vais vous faire voir...

Il vit un lit assez grand pour souffrir le désordre sensuel d'un couple honnêtement constitué, une petite armoire à glace où pouvaient se réfléchir deux corps embrassés, trois rayonnages chargés de pierrots et de colombines dont les sourires de porcelaine brillaient de connivence. Au mur était fixée la reproduction d'un tableau de genre : un enfant aux joues roses tendait l'index vers ce qu'il plaisait à chacun d'imaginer.

— On peut penser qu'il désigne un cerisier, murmura Frédéric, l'air quinaud.

— D'après vous, c'est une fille ou un garçon ?

— C'est un garçon, mais il porte encore la jaquette...

(« Qu'est-ce que je m'en balance ! »)

Elle s'excusa de ne pouvoir lui prêter de pyjama.

— J'aurais apporté le mien si je m'étais douté... Je peux faire un rien de toilette ?

— Bien sûr, je vais vous donner une brosse à dents, j'en ai toujours en réserve...

Tout : dîner, cinéma, et maintenant ce vain dormir, lui parut relever d'une mauvaise pièce semée de mauvaises répliques.

Il se coula entre les draps — de couleur — nu et prêt à l'emploi qu'il ne remplirait pas. Il l'entendit qui s'ablutionnait et perçut un bruit de vaporisateur. Il soupira, fort.

— Cœur qui soupire...

Elle était dans la chambre, vêtue-dévêtue d'une chemisette filtrante. Avant qu'il n'eût dit mot — de toute façon il consentait — elle s'était emparée de lui, de sa bouche, de son torse, et sa main voyageuse abordait au pic moussu. Il crut se retrouver par une fin d'orageux après-midi, dans un champ de coquelicots. Elle alluma la lampe de chevet, repoussa les draps, et le contempla comme les Japonais font la Joconde ; puis, elle ôta son petit linge. Lui qui avait tant désiré de la voir ainsi ferma les yeux. Il se laissa chevaucher et devenir la proie d'une avide amazone. Ils coururent deux postes successives, puis, sans rien se dire, coulèrent dans un sommeil sans épaves.

Il s'éveilla le premier, rameuta ses esprits, se demanda quand elle avait éteint, ralluma, regarda l'heure à la montre d'Aline, et murmura pour lui-même :

A quatre heures du matin l'été
le sommeil d'amour dure encore...

On était en octobre, à huit heures, il pleuvait, mais la poésie a tous les droits. Elle avait remis chemisette et culotte. Avec une douceur cérémonieuse — mais dormait-elle ? — il lui retira son sous-vêtement, ce qu'il n'avait jamais fait à aucune fille, et se pencha sur le « diamant rose et noir ». Elle ouvrit les yeux, sourit languissamment :

— Je ne te savais pas si curieux...

— Je voulais respirer ton arôme d'abeilles blondes...

— C'est très joli ce que tu dis là...

— Non, c'est très beau. Ce n'est pas de moi mais d'un poète belge du nom de Charles Van Lerberghe...

— Tu arrives à retenir un nom comme celui-là ?

— Bien sûr, puisque c'est un poète... Retourne-toi, s'il te plaît...

Elle s'exécuta. Il embrassa la fesse gauche et remarqua sur la droite deux minuscules taches de vin.

— On dirait deux petites îles... Les Canaries, peut-être...

Il embrassa les Canaries. L'air du large l'avait ragaillardi de belle manière, il bandait comme un cerf à dix cors jeunement. Elle hocha la tête, et se fit un devoir de lui venir en aide. Ils attaquèrent un troisième scherzo.

— Je ne vais pas oser me regarder, dit-elle, tout en montant la gamme.

— Tu es très belle...

Il ne poursuivit pas, aimant mieux se concentrer sur son plaisir. Elle, passant du coq en pâte à l'âne débâté :

— Ne me... dis pas... que... tu as trente-quatre ans...

— Bientôt... trente-cinq...

C'était une curieuse manie chez les femmes que de s'enquérir de son âge au moment où il était le plus roidement établi entre leurs cuisses.

Ils retombèrent encore une fois ; elle remonta de l'abîme pour le tirer prestement hors du lit, et l'entraîner vers la douche. C'était la première fois — à « bientôt trente-cinq ans » — qu'une de ses « conquêtes » le savonnait.

Ils déjeunèrent. Elle posa deux biscottes l'une sur l'autre :

— C'est plus facile pour les beurrer... Je l'ai vu faire dans un film de Truffaut, *Baisers volés,* je crois, ou *Domicile conjugal*... J'aime beaucoup Truffaut...

(« Il faudra quand même que j'aille un peu au cinéma. »)

— Comment as-tu deviné que j'ai du goût pour la confiture d'abricots ?

— Tu me l'as dit un jour en passant...

Depuis longtemps sans doute avait-elle machiné de le séduire.

— Je voudrais savoir quelque chose...

(« Méfiance ! »)

— ... Tu as un second prénom ?

— Oui, un peu vieillot : Julien...

— Ce n'est pas vieillot du tout, c'est même à la mode... Qu'est-ce que tu dirais si tu connaissais le mien !

— Dis toujours...

— Ursule... C'était le prénom de ma marraine.

Une phrase : « Je ne sais rien de plus félin qu'Ursule », le traversa. Agacé, il la chassa d'un revers de main.

— Qu'est-ce que tu fais ?

— Rien, j'envoie promener une citation...

Elle lui toqua le front par-dessus la cafetière :

— Ça sonne le trop-plein là-dedans...

— Mais j'ai quand même la tête bien faite, n'est-ce pas ?

Elle se pencha pour l'embrasser :

— Tu as une tête adorable... Avec la douceur brumeuse des myopes...

(« Où a-t-elle pris cela ? »)

— ... si tu étais plus don juan, tu en aurais des filles ! Tu ne les vois pas, à la cantine, comme elles te dévisagent... Il y en a une surtout, un peu forte, avec des lunettes qu'elle passe son temps à essuyer tellement tu la troubles...

— Je vois qui c'est... Elle est à la comptabilité fournisseurs ; elle se gave de caramels...

— Elle compense, la pauvre... Tu ne fais jamais le premier pas ?

— Non, mais je fais volontiers le deuxième...

— Dis-moi franchement...

— Je suis toujours franc comme un merle...

— ... tu croyais que j'allais te laisser tout seul dans ton lit ? Tu n'aurais rien tenté ?

— Je n'aurais rien tenté, mais je sais maintenant que toi, tu avais tout agencé.

— Il le fallait bien... J'avais envie de toi, pas depuis le premier jour, ça ne veut rien dire... Tu es peut-être... réservé, il n'empêche que j'ai bien vu que je ne t'étais pas indifférente, mais j'ai vu aussi que tu ne te serais jamais déclaré...

— Tu m'aurais... offert tout cela, si tu ne devais pas partir ?

— J'aurais peut-être attendu encore un peu... Mais je ne serais pas partie sans que nous ayons fait l'amour...

(« A combien d'hommes ? Bah, qu'importe ! »)

— Encore une citation ?

— Non, rien, une idée... Et... qu'est-ce que tu vas faire ?

— Question travail ? Je vais entrer comme hôtesse stagiaire dans une compagnie d'aviation, à l'aéroport d'Orly...

— Ah, la méthode d'anglais...

— Mauvaise déduction... Je parle couramment l'anglais. C'est juste pour quelques expressions typiques du genre : « *The less said, the better.* »

(« Allons bon ! »)

— ... Ça m'oblige à déménager... Je vais habiter près de l'aéroport... J'aimais bien ce quartier, mais tant pis...

— Ce qui veut dire...

— Ce qui veut dire, ne tournons pas autour du pot, que dans un mois, nous aurons peu de chances de nous revoir... aucune même...

(« Quelle belle invention qu'une jeune fille moderne ! »)

— Tu boudes ?

— Non, je commence à compter les jours...

Elle l'embrassa en lui tenant la nuque :

— De toute façon, nous ne sommes pas faits pour vivre ensemble. Tu as trop de choses dans la tête... Et puis toi aussi, tu es de passage. Je ne te vois pas rester longtemps encore dans la société. Il faudrait que tu deviennes comme tout le monde... J'ai vu tout de suite que tu étais...

— Particulier ?

— Non, ce n'est pas le mot... Disons qu'il est impossible de te comparer à quelqu'un...

Elle avait dû ouvrir son lit à des amants de toute sorte : il était hors collection.

Il l'aida à débarrasser, elle l'embrassa de nouveau. Elle ne différait pas de Nathalie ou de Françoise, sauf qu'il n'avait pas pour elles une envie singulière de détailler leur corps. Tout une femme, c'est beaucoup, pensait-il souvent. Mais d'Aline, avant qu'ils ne se quittent, il aurait tout parcouru.

Deux jours de suite, sous les fredons de la pluie, ils usèrent beaucoup d'eux-mêmes.

— Je vais avoir des suçons partout, se plaignait-elle tendrement.

Ils convinrent de ne pas déceler leur intimité.

— Je m'étais promise de ne pas te tutoyer, mais je n'ai pu faire autrement. Il faudra que je me surveille ; ce sera facile, on ne se voit pas tellement...

Tout continua comme devant. Frédéric fut plusieurs fois surpris le nez au plafond, et fort inoccupé, alors que s'empilaient les dossiers en souffrance.

— Il est amoureux, dit Tourny.

Mullequin répéta ce propos à M. Mops.

— Il faut qu'il vous ait sacrément à la bonne, nous on aurait eu droit au savon.

Frédéric se reprit et se montra plus zélé, ne voulant confirmer personne dans le soupçon qu'il « fréquentait » l'hôtesse. Il se garda d'entreprendre Aline sur le chapitre de ses relations avec Tourny : à quoi bon ?

Mamitate s'inquiéta quelque peu : son neveu ne

s'était jamais « dérangé » aussi longtemps. Allait-il s'installer chez cette jeune femme dont elle craignait la « fatale emprise »? Il vit son angoisse, et la rassura : « Tu sais bien que mes attachements sont courts. » Il rentra chez lui un jour sur deux.

Aline quitta la société sans sacrifier à la tradition du « pot d'adieu ». Il lui restait quelques jours de congé : elle mit de l'ordre dans ses affaires. Frédéric, qui n'avait pas le sens du rangement, s'abstint de lui prêter la main.

Il poursuivit jusqu'à plus soif la conquête minutieuse du corps idolâtré. Elle l'y encourageait en lui pressant la tête contre son ventre ou ses cuisses. Il se découvrit une sorte d'adoration pour le tourbillon elliptique du nombril.

Dans le métro(politain), retranché de la foule, il passait en revue les points cardinaux de cette géographie intime qu'il explorait assidûment. Un matin, il se frappa le front :

— J'ai oublié les Canaries, lança-t-il.

— Bourreau d'oiseaux, répliqua son vis-à-vis.

Ils se quittèrent comme ils en étaient convenus, mais Frédéric avait presque cessé de croire que l'on pouvait rompre ainsi : cela ne faisait pas vrai.

Elle le força d'accepter un cadeau : pourquoi pas?

— Je me demande comment tu fais pour être à l'heure au bureau, dit-elle.

C'était une montre. Il la remercia en affectant d'être ému. Je la laisserai dans son écrin, pensa-t-il.

même façon... Tu connais le lieu
iomme aime toujours...
t faisait-il, Don Juan, pour tirer de
partenaires un son neuf?
iit pas ce qui l'excitait... Il voulait
outer une pièce à sa collection.
is pas. Il fallait bien que sa réputation
it le précédât pour que telle ou telle
et grandir l'envie de lui céder. Sinon je
une petite marquise à son balcon,
« Tiens, voici Don Juan qui passe!
nous jeter à ses chausses si nous
huit cent quatre-vingt-septième! »
iique feignit de rendre les armes :
ibondage d'esprit aura toujours raison
s alors, comment combattre ce « senti-
close »?
is pas... Il faudrait pouvoir faire les
s pour toutes... Ce n'est pas possible :
éter...
des répétitions que tu aimerais mieux
.. Au fond de tout cela, ta grande
'abolir ton passé...
, seulement...
rriveras pas, il faudra faire avec...
bien... Au fait, connais-tu ce tableau
un petit garçon en jaquette tendant
vers... on ne sait quoi... un arbre
tre...
. Il doit s'agir du portrait du jeune
s je ne me rappelle pas s'il est de Rey-

On pouvait vivre sans transporter le Temps à son poignet gauche.

— On se reverra peut-être un jour, mais tu n'es pas obligé de te souvenir de moi... En tout cas, ne change pas, s'il te plaît...

Quelqu'un, jadis, une infirmière, elle aussi sur le départ, lui avait dit, presque, la même chose. C'était dans une autre vie...

— Tu n'as pas,
sans prétention de
close » ? Il vient
personnel tire à lu
— Ce sentimen
sensation bien con
— Non, c'est trè
de la réalité de ce
comme si nous citi
— Donne-moi u
— Supposons..
femme...
— Supposons m
où tu exerces tes ta
— Elle m'embra
nouvelle, donc sen
— Hum...
— Que non ! Ce
tude une espèce
redevient le perso
— Il faut croire

toutes de la
commun : un
— Comme
chacune de se
— Ce n'ét
simplement a
— Je ne cr
d'amant parf
sentît poindre
n'imagine pa
s'exclamant :
Courons vite
voulons être
Marie-Véro
— Ton va
de tout... Ma
ment de la vi
— Je ne s
choses une fo
vivre, c'est ré
— Et il y
ne pas subir
affaire, c'est
— Une pa
— Tu n'y
— Je verra
qui représent
son doigt ro
fruitier, peut-
— Je vois
Mr. Hare, ma

On pouvait vivre sans transporter le Temps à son poignet gauche.

— On se reverra peut-être un jour, mais tu n'es pas obligé de te souvenir de moi... En tout cas, ne change pas, s'il te plaît...

Quelqu'un, jadis, une infirmière, elle aussi sur le départ, lui avait dit, presque, la même chose. C'était dans une autre vie...

— Tu n'as pas, quelquefois, ce que j'appellerai, sans prétention de paternité, le « sentiment de la vie close » ? Il vient une heure où chaque événement personnel tire à lui un fait du passé...

— Ce sentiment, ce n'est rien d'autre que la sensation bien connue du « déjà vu »...

— Non, c'est très différent... L'on ne peut douter de la réalité de ce retour de toutes choses... C'est comme si nous citions notre propre vie...

— Donne-moi un exemple...

— Supposons... Je fais la conquête d'une femme...

— Supposons même qu'elle travaille dans la firme où tu exerces tes talents...

— Elle m'embrasse... amoureusement... Femme nouvelle, donc sensation neuve...

— Hum...

— Que non ! Ce baiser fait renaître avec exactitude une espèce de... de gravure ancienne... On redevient le personnage figé d'un tableau désuet...

— Il faut croire que tes amoureuses t'embrassent

toutes de la même façon... Tu connais le lieu commun : un homme aime toujours...

— Comment faisait-il, Don Juan, pour tirer de chacune de ses partenaires un son neuf ?

— Ce n'était pas ce qui l'excitait... Il voulait simplement ajouter une pièce à sa collection.

— Je ne crois pas. Il fallait bien que sa réputation d'amant parfait le précédât pour que telle ou telle sentît poindre et grandir l'envie de lui céder. Sinon je n'imagine pas une petite marquise à son balcon, s'exclamant : « Tiens, voici Don Juan qui passe ! Courons vite nous jeter à ses chausses si nous voulons être la huit cent quatre-vingt-septième ! »

Marie-Véronique feignit de rendre les armes :

— Ton vagabondage d'esprit aura toujours raison de tout... Mais alors, comment combattre ce « sentiment de la vie close » ?

— Je ne sais pas... Il faudrait pouvoir faire les choses une fois pour toutes... Ce n'est pas possible : vivre, c'est répéter...

— Et il y a des répétitions que tu aimerais mieux ne pas subir... Au fond de tout cela, ta grande affaire, c'est d'abolir ton passé...

— Une part, seulement...

— Tu n'y arriveras pas, il faudra faire avec...

— Je verrai bien... Au fait, connais-tu ce tableau qui représente un petit garçon en jaquette tendant son doigt rose vers... on ne sait quoi... un arbre fruitier, peut-être...

— Je vois... Il doit s'agir du portrait du jeune Mr. Hare, mais je ne me rappelle pas s'il est de Rey-

— Tu crois que je t'aurais donné mille francs ? On peut se tutoyer, n'est-ce pas ? Après l'amour, on se tutoie...

— L'amour ?... On n'a pas fait l'amour...

— Mais si, puisque c'est dans le journal.

Il se leva, cachant son envie de rire sous un masque vitupéreux.

— Vous n'allez pas partir, dit la petite, ce soir je suis en train.

— Restez-y.

Il tira deux billets de cent francs qu'il déposa sur la table : « J'ai consommé, donc je paie. Merci pour l'article. »

Déçu, il reprit ses vieilles allures. La coiffeuse avait été remerciée, et l'on murmurait d'elle : une de ses anciennes collègues l'avait vue « monter » avec un homme, rue du Cygne ; la serveuse de la rue Montorgueil, qui au demeurant ne dispensait ses soins amoureux qu'avec parcimonie, s'était mise en ménage avec un loufiat de haute taille ; la petite vendeuse de fruits avait regagné son « pays de vaches ». Restait la seule Françoise que Frédéric pensait, le cœur serré, ne plus revoir. De fait, quand il revint s'asseoir à la place qu'il avait désemparée, il ne l'aperçut pas. C'était un effet de sa vue courte. Bientôt, la voix familière le rasséréna :

— Un diabolo-menthe, comme d'habitude ?

— Oui, s'il vous plaît, mademoiselle...

Elle lui apporta la consommation sur son plateau :

— Voici, monsieur... Monsieur s'est fait rare ces temps-ci, ajouta-t-elle en lui glissant sa clé.

Aline avait depuis longtemps recouvré des fesses pures de toute empreinte quand Frédéric vint à bout de recenser les comptables, et assimilés. Il rêvait parfois à l'hôtesse qui, sans doute, faisait le bonheur fugace des voyageurs en transit, et il s'étonnait toujours du comportement qu'il avait eu, si éloigné, croyait-il, de sa nature. Ce n'était pas lui, mais un second Frédéric, émané de quelles profondeurs, qui s'était acharné à vampiriser ce corps si singulièrement semblable aux autres. Tout une femme, c'est trop ; et comment, par exemple, imaginer qu'il fasse de Françoise, supposé qu'elle fût consentante, la proie de son adoration goulue ? C'était « impensable ». (Il mettait des guillemets à cet adjectif contre l'emploi duquel, cependant, Littré ne s'élevait pas.)

Nous ne sommes pas toujours ce que nous sommes, se dit-il ; réflexion qui lui parut absurde et indigne d'être notée. Depuis quelque temps, une envie de produire du texte l'aiguillonnait, et même, sous la dictée d'un ange pervers, il avait, d'un seul jet, composé un poème. « Ce que l'on aime inspire »... Devait-il son inspiration à son hôtesse lointaine, et l'avait-il aimée ?

Absent, disais-tu. Je ne suis pas la proie de ton regard. Tu m'abstrais. Tu pèses ma vie. Tu reviens à moi parfois, tu reviens à cet autre que tu étreins comme pour le combattre. Je sens tes doigts rêver dans mes cheveux et tu bois à ma nuque. Encore un pas, et te voici, bête insinuante et diaprée de sophismes, déroulant autour de mes reins la danse médusante du désir. Mais si près d'abdiquer, tu ne veux consentir au bonheur de la brute. Tu refuses à ton cœur le chant de cette minute si pleine, si lumineuse, dont le souvenir, quelque nuit, viendra te remordre. Méfie-toi, homme sensible, que tu es né pour succomber ; une autre viendra, et une autre. Et ta vie ne sera plus qu'un fleuve mêlé de cendres, et tes secrets fuiront entre tes doigts.

Il faudrait qu'il se méfie. Ces écarts de langage l'éloignaient de prendre goût au style administratif. Tourny, qui en l'absence de Campas, convalescent, poursuivait de rédiger lui-même les comptes rendus, faisait lire à son technicien, par manière courtoise d'approbation, les paragraphes qui résultaient des notes de Frédéric. La forme impersonnelle florissait : « Il a été décidé » ; « Il a été résolu de... » Forme dont le chef de l'État en personne usait sans réserve : « Il a été décidé de ne plus commémorer la victoire du 8 mai 1945... » ; ce qui donnait à croire que la volonté d'un seul était l'expression du consentement général ou que le président des Françaises et des Français n'était qu'une façon de circulaire douée de la parole.

Ce qui avait excité Frédéric à forcer sur les avirons, c'était bien le désir de se faire valoir. Il brûlait de construire les graphiques qui couronneraient son labeur, et, en particulier, ces pyramides des âges dont quelques exemples, réguliers ou aberrants, figuraient dans le précis d'organisation.

Tourny, surpris et impressionné par la ferveur de M. Mops, rabattit un peu son enthousiasme :

— Ce n'est pas le plus urgent... Je préférerais que vous calculiez quelques ratios : celui de l'absentéisme, en premier. Mais je conçois que c'est peut-être un peu fastidieux pour commencer : votre zèle risque de se refroidir... Tenez, pour vous amuser, voici ce que vous pourriez faire... J'ai admiré vos organigrammes... Dans le même ordre d'idées, il serait bien que vous me dressiez un tableau des examens de comptabilité, assez grand pour qu'on puisse l'afficher... Vous savez qu'il y a deux filières pour arriver tout en haut...

Tourny, à grands traits, schématisa la double voie : d'un côté le chemin pierreux que gravissaient les titulaires du C.A.P., lesquels, après sept ou huit ans de cours du soir, atteignaient au sommet, comblés, mais en grand danger d'être chauves ; de l'autre, la route impériale, celle des sujets couronnés, qui après le baccalauréat s'envolaient vers l'olympe : l'expertise comptable.

— ... vous voyez, tout le monde en principe peut

se retrouver sur cette voie : probatoire, D.E.C.S., etc., même ceux qui n'ont pas fait d'études secondaires, mais pour ceux-là, il y a un barrage... ici...

Tourny écrivit le mot APTITUDE, qu'il encadra.

— C'est la pierre d'achoppement... J'en ai vu je ne sais combien s'acharner à vouloir franchir cet obstacle avec une obstination qui ne génère que les échecs... J'aurais dû dire : engendrer, plutôt, non ? Générer, ça ne doit pas vous convenir...

— J'emploie engendrer, par préférence, monsieur. Mais générer n'est pas si neuf qu'on le croit : Littré le mentionne, de même que fiable, que l'on prend pour un terme très récent, et qui était noté d'archaïsme au XIXe siècle.

Tourny esquissa un sourire : fiable s'épanouissait dans la bouche du directeur financier qui, en effet, tenait ce mot pour un néologisme.

C'était une tâche plaisante : le temps ne lui était pas mesuré, Frédéric pouvait travailler à sa poste. Il regrettait un peu de se voir obligé d'utiliser des sigles, mais les capitales D.E.C.S. étaient agréables à tracer. Le soir, il vérifia si Littré consignait le sens moderne du mot « absentéisme » : pour « son » lexicographe, ce substantif ne désignait rien autre que l'habitude des grands propriétaires anglais et surtout irlandais de ne pas résider sur leurs terres.

Il fit, pour son instruction personnelle, le tour des aides-comptables — aucun ne jouissait d'une meilleure qualification — qui avaient tenté de rejoindre l'heureux petit nombre par le biais grimaçant de l'aptitude. Ils étaient une vingtaine, dont la petite Clarisse Dénée qu'il connaissait pour avoir entendu son nom devant le distributeur de boissons variées. Elle échouait depuis trois ans, et Frédéric aurait aimé lui témoigner un peu de sympathie, mais il craignait qu'elle ne se méprît. Il se décida quand même, *ex abrupto* :

— Tenterez-vous une nouvelle fois votre chance cette année, mademoiselle ?

— Je vous demande pardon ?

— Veuillez excuser cet accostage... Je sais, puisque cela relève de mon travail, que vous essayez de franchir l'obstacle de l'aptitude, sans succès jusqu'aujourd'hui...

Elle soupira :

— Je crois que je ne vais pas insister... Vous savez, quand on échoue plusieurs fois de suite, on passe pour... on se fait mal voir...

— Mais, pardonnez mon insistance, où gît la difficulté ?

— C'est parce que, vous comprenez, nos professeurs s'en désintéressent : ils enseignent la comptabilité, le droit civil, l'économie, l'aptitude ça ne les concerne pas, c'est à nous de nous débrouiller... Ils nous disent, lisez les pages économiques du *Monde*, ils nous donnent des listes de livres, et vogue la galère !... Ça, pour une galère...

— C'est gentil, monsieur Frédéric, intervint une happelourde en blouse bleue, de vous intéresser à cette petite, elle est très méritante, vous savez...

— J'en suis tout à fait convaincu, bredouilla-t-il.
Il jeta son gobelet vide et s'enfuit.

Que faire pour aider Clarisse Dénée et ses congénères dont le cheval fourbu bronchait devant l'obstacle ? Il résolut de s'en ouvrir à son chef, que cette belle sollicitude divertit.

— Vous avez cerné le problème, cherchez... non : trouvez la solution... Vous devriez de temps en temps jeter un coup d'œil sur l'écriteau... Pour commencer, faites une note où vous reprendrez tous les éléments...

Ce que fit Frédéric de grand ahan ; mais de solution, pas l'ombre...

— Vous avez simplement mis par écrit ce que vous m'avez exposé. Au moins, j'aurai un échantillon de votre style. « ... de crainte que des échecs successifs ne leur soient imputés à faute. » Cela se dit, « imputer à faute » ?

— Oui monsieur. (« Puisque je l'emploie ! »)

— ... et « révoquer en doute » ? Qu'est-ce que cela signifie au juste ?

— Contester, mettre en doute...

— Mais vous, vous préférez « révoquer en doute » ?

— Je peux citer pour garants Pascal et Fontenelle...

— Je m'incline... Je me disais bien d'ailleurs que vous aviez quelque chose de pascalien... J'ai décelé un soupçon d'agressivité dans votre voix : je vous promets de ne plus vous attaquer sur ce chapitre...

Je ne vous attaquerai pas non plus sur votre fumier, se retint-il de lancer : on n'en eût pas fini.

— Bien... Alors, où est la solution ?

— Mais... si leurs professeurs...

— Leurs professeurs ne s'en soucient pas, vous l'avez relevé : ce qui les intéresse c'est d'enseigner la comptabilité, le reste... Pour ce qui nous regarde en ce moment, vous êtes plus qualifié qu'eux...

Comme Frédéric demeurait béant :

— Il faut que vous vous rendiez compte par vous-même où se trouve concrètement la difficulté... Je vois que concrètement ne vous plaît pas, je le retire... Et la meilleure façon, c'est ?...

— Je ne vois pas, monsieur...

— C'est de subir vous-même cette épreuve.

— Mais, monsieur... à mon âge...

— Qu'est-ce qu'il a votre âge ? Vous faites plus jeune que moi... Vous avez peur qu'on se moque ? Dans un centre d'examens, personne ne voit personne... Et puis d'ailleurs, je parierais... excusez-moi : je gagerais que vous n'avez pas cessé d'étudier... quelque chose qui vous plaît bien sûr, mais il est sensible que vous avez le goût de la recherche...

(« La suggestion argumentée ! »)

— ... Duchesne, vous savez à quel âge il a passé ses derniers examens ? A quarante-trois ans...

— Il n'entre pas dans mes desseins, monsieur...

— De devenir directeur de la comptabilité ? Merci, je l'avais deviné !

(« Ni surtout de ressembler à Duchesne ! »)

— Bon, alors, convaincu ?

— J'obtempère, monsieur, non par conviction...

— Mais parce qu'au fond ça vous amuse, et que vous aimez bien vous éprouver, n'est-ce pas ? Chercher à savoir comment M. Mops se comportera dans une circonstance qu'il n'avait pas prévue...

Frédéric rentra dans son bureau, vexé d'avoir été percé à jour.

Il remplit des papiers, ce qui l'énerva, s'inscrivit, et se retrouva, un matin d'avril, dans une vaste cour où jabotaient des lycéens ; mais des employés, guère moins âgés que lui, concouraient en bon nombre ; il ne vit pas Clarisse Dénée.

La « composition » consistait en une explication de texte des plus orthodoxes. Il fallait aussi donner un titre et procurer un résumé. C'était un passage d'une trentaine de lignes, tiré d'un ouvrage fondamental de Louis Armand, à cause de qui, un jour, le directeur financier s'était emporté :

— Vous savez ce qu'il propose pour remplacer le mot brainstorming ? Remue-méninges ! Vous nous voyez participer à une séance de remue-méninges ? Cela n'a d'ailleurs aucune importance car le brainstorming ne se pratique plus.

Bien que ses études eussent été interrompues, Frédéric n'éprouva la moindre peine à se sortir mieux qu'honnêtement de ce piège bénin...

— Alors monsieur Mops, quel est le diagnostic ?... Au fait, quelle note avez-vous obtenue ?

— Quinze, monsieur.

— Très bien, vous voilà qualifié pour la suite... Cela vous tente ?

— Pas le moins du monde.

— Conclusion ?

— J'ai compris pourquoi les bacheliers étaient dispensés... Cela ne sert de rien de se plonger dans des ouvrages d'économie, ce qu'il faut, c'est savoir résumer, faire un plan... toutes choses qui s'apprennent au lycée.

— Solution ?

— Je vais, avec votre permission, rechercher s'il existe un traité de l'aptitude, après quoi...

— Après quoi, nous en reparlerons... cherchez, je vous y autorise...

Frédéric dut se rendre au Quartier latin, ce qui n'était pas pour lui plaire ; il en fut récompensé. Il débusqua le seul livre qui fût consacré à cette épreuve morfondante : pourquoi les professeurs l'ignoraient-ils ?

— Je pense que c'est exactement ce qu'il convient de recommander aux postulants, monsieur...

— Alors, allez-y, recommandez-le.

— Mais... comment ?

— Écrivez une note aux chefs comptables pour leur demander de signaler cet ouvrage, le seul disponible, complet, détaillé... et signez-la.

— Je peux... signer une circulaire ?

— Oui, puisque je vous y engage...

Frédéric se rappela que le grief principal qui courait à l'encontre de Tourny, c'était qu'il confisquait à son profit le travail et les initiatives de ses subordonnés : était-ce bien fondé ?

La petite Clarisse, à cause de qui il s'était changé en collégien, l'en remercia, un peu rougissante, tout en lui annonçant qu'elle avait pour sa part renoncé à poursuivre des études harcelantes. Elle allait épouser un mécanicien qui songeait ferme à s'établir : elle en saurait toujours assez pour tenir ses comptes.

Frédéric, transporté d'ardeur, fournit une œuvre superbe où filières, passerelles, diplômes s'offraient aux regards dans des habits de couleur. Cela fut affiché dans le bureau de Tourny qui, lorsque l'on s'extasiait, soulignait qu'elle était due au grand talent de M. Mops.

Aux yeux de Frédéric, le « protecteur » de Marie-Véronique n'existait pas. Il ne l'avait jamais rencontré, ce dont il ne se plaignait ; non plus ne l'imaginait-il. Qu'est-ce qui dans la vie antérieure de sa complice, dans son enfance, « justifiait » qu'elle devînt la maîtresse d'un chevalier d'industrie ? Mais des premières années de Marie-Véronique, son amant du mois de mai ignorait tout, et ne désirait rien savoir...

C'était un personnage cosmopolite et « grand traverseur de voies périlleuses » que cet homme de l'ombre. Était-ce l'aspect qui l'avait séduite ?

Elle s'occupait, en attendant qu'il fît escale, à des travaux d'édition pour le compte d'un club de livres policiers. Frédéric, qui n'avait pas un grand penchant pour les énigmes criminelles, trouva surprenant *Le Meurtre de Roger Ackroyd*. Mais il fut déçu par les autres romans d'Agatha Christie que son amie lui prêta :

— Je ne conçois pas, dit-il, après avoir renvoyé dans leur soue les *Cinq Petits Cochons*, que l'on assassine des gens en suivant les paroles d'une comptine...

Avait-il dans la tête les mots dansants d'une ronde enfantine, le compagnon de Marie-Véronique, au moment qu'il fut abattu ?

Il sortait d'un cercle de jeu quand, sur le trottoir, un brelan plombé l'atteignit en pleine poitrine. Ce fut son trépas qui, en définitive, révéla son existence à Frédéric.

Beaucoup de choses inconcevables étaient advenues au fils unique de Mme Mops : les sautes d'humeur du destin. Mais il n'imaginait pas que ses proches fussent, comme lui, soumis aux bizarreries de leur trajectoire personnelle. Ils vivaient dans un quotidien rectiligne, où il puisait la paix de l'esprit. C'est pourquoi il n'avait pas cru que Marie-Véronique eût emmêlé sa vie à celle d'un forban menacé d'exécution.

L'homme était mort, il gisait, sanglant, entre les lignes des journaux, et Frédéric ne trouva rien à dire à son amie, comme si l'événement l'eût retranché du monde sensible. Mamitate comprenait : à la mort de son mari, si cher au cœur de Frédéric, celui-ci s'était abîmé dans le néant.

Marie-Véronique ne donna pas le sentiment d'être surprise par cette fin capitale, ni affligée de perdre un homme quelque peu évanescent. Elle fut pendant plusieurs semaines harcelée, non par la presse, que sa vie sans piquant désarma, mais par les inspecteurs de police qui s'étonnèrent, comme Frédéric, qu'elle se fût coiffée d'un douteux brelandier. Son compte en banque ne débordait pas d'argent sale, et elle n'était qu'une simple locataire. On se lassa de l'importuner.

Dans le même temps — il est bien connu que les choses toujours se précipitent — Delphine B., mieux répandue, en tant que peintre, sous le pseudonyme lamartinien de Graziella, vivait des jours angoisseux. Elle ne se reconnaissait plus dans ses toiles et, à bout d'arguments contre elle-même, elle résolut de rompre avec son art. Grâce au succès de sa première exposition, et à l'honnête aisance que lui procuraient des capitaux de famille très travailleurs, elle pouvait, selon son expression, prendre un grand recul. Elle vint en aviser Mamitate :

— Je dois partir, Charlotte, il le faut... Venez voir mes derniers enfants, et dites-moi si je ne suis pas en train de dégénérer...

Mamitate, gagnée par l'inquiétude, se laissa conduire dans la chambre-atelier.

— J'ai fait poser une serrure, je veux que cette pièce reste fermée...

Les toiles jonchaient le parquet. Mamitate ne vit que du pain mais quel ! Baguettes viennoises dénaturées au bleu de méthylène, quignons vermoulus, mouillettes fangeuses, miches à souris et, le clou, un long pain de campagne dégouttant de larmes de sang...

— Ce n'est plus de l'Art, Charlotte, c'est de la profanation... et je ne vous dirai pas de quelle matière j'ai pensé recouvrir les miches... C'est l'impasse... Il faut que je me ressaisisse... Je m'en vais... Huit mois, un an... Je vais voyager, frotter ma cervelle à celle d'autres artistes... L'inconvénient, c'est qu'il m'ennuie de laisser mon appartement à l'abandon, pendant mon absence... Je vous demanderais bien de me trouver quelqu'un pour le tenir en état, mais le mieux serait qu'une personne de confiance vienne l'habiter... Votre neveu, par exemple, qui est si courtois...

— Je crois que je pourrais plutôt vous proposer son amie, si elle y consent... Vous l'avez déjà vue, me semble-t-il...

— Mais oui, je la connais... C'est d'accord, en ce qui me concerne... Vous m'enlevez une épine...

Consultée, Marie-Véronique adhéra à la proposition, au premier chef pour être proche de Mamitate. L'on ne prit pas l'avis de Frédéric qui vit s'installer son amie sans enthousiasme. Il lui semblait qu'ils entraient dans le jeu du Destin et que tout s'ordonnait en vue de quelque chose qu'il ne discernait pas mais dont il n'augurait rien de favorable.

Deux pauses par jour avaient permis à Frédéric de connaître une grande partie des employés : les habitués du distributeur. Quand un visage nouveau paraissait, c'était celui d'un intérimaire, dépêché pour suppléer une absence, ou d'un étudiant rémunéré à petit prix.

Un matin, Frédéric avisa un étique binoclard qui considérait le contenu de son récipient en plastique avec une muette et boudeuse perplexité.

— Vous pouvez me dire ce que j'ai dans mon gobelet ? fit-il, en le mettant sans autre préambule sous le nez du technicien deuxième échelon... J'ai appuyé sur le thé, et j'ai reçu ça... On dirait une diarrhée...

— Je penche pour du potage au pistou rehaussé de chocolat.

— C'est buvable ?

— Je ne pense pas, débarrassez-vous-en... Vous voulez toujours du thé ?

L'autre acquiesçant, Frédéric introduisit les pièces de monnaie, appuya sur le bouton, et recueillit la boisson souhaitée.

— C'est gentil, merci. Les choses vous obéissent, c'est une grande force dans la vie...

— Vous êtes intérimaire ?

— Étudiant... en lettres... Ce doit être pour ça qu'on m'a mis au courrier... Je sais, c'est faible, mais j'ai l'estomac vide...

— C'est la première fois que vous travaillez ici ?

— La dernière également... J'avais besoin d'un peu de blé pour attaquer tranquille mon mémoire...

— Je serais intéressé d'en savoir le sujet, à moins que vous n'y objectiez...

— Vous parlez comme au XVIIIe siècle... Pas d'objection : « Rôle et fonction de la masturbation dans la littérature française ». C'est drôle, on dirait que vous avez rougi... Je ne sais pas si ça sera accepté...

Frédéric rompit les chiens. Il en parla le soir à Marie-Véronique : cela pouvait la divertir.

— Tu m'as dit un jour que tu avais soutenu une thèse...

— Oui, sur La Calprenède. J'ai tout appris au jury... Je te parie des nèfles...

(« La nèfle est une nuculaine. »)

— ... qu'on ne trouve pas un seul exemple de lui dans le Littré... Pourquoi cette question ?

— Je suis tombé ce matin sur une espèce de babiroussa...

Elle sourit : la complicité des mots...

— ... un étudiant stagiaire qui veut rédiger un mémoire ayant pour thème : « Rôle et fonction de la masturbation dans la littérature française ». Qu'en penses-tu ?

Marie-Véronique haussa les épaules :

— C'est une idée assez ridicule... Ton stagiaire n'a qu'à compulser une anthologie de la littérature érotique ; des masturbateurs sans frein ni honte, il pourra en remplir des paniers...

— Mais n'est-il pas abusif que des auteurs sauvés de l'oubli à cause de leurs priapées soient mis pour cette raison seule au rang des grands romanciers chez qui les scènes de plaisir sexuel sont traitées sur le mode allusif ?

— Dis-moi : comment fais-tu pour débiter des phrases pareilles sans t'emmêler les crayons ?... C'est vrai que si l'on trouve Théophile Gautier dans ce genre de recueils, ce n'est pas pour *Maupin*, mais pour les *Lettres à la Présidente*, et Pierre Louÿs pour *Trois Filles de leur mère :* de sacrées masturbatrices ! Tu sais, tous les grands noms de la littérature, surtout les poètes, se sont pas mal dévergondés, mais pour s'en rendre compte, il faut sortir du Lagarde et Michard... Excuse-moi, j'ai l'air de te faire un cours... Je me demande si, en ce qui te concerne, le comble de l'érotisme, ce ne sont pas des phrases comme : « Elle ferma les yeux et s'abandonna », ou « Il entra dans ma chambre où je me livrai à toutes ses fantaisies »...

— Je suis tout près d'en convenir... Il me semble que ce qui intéresse notre ami, c'est le plaisir solitaire et rien d'autre... C'est un peu succinct pour une anthologie...

— Oui, il faut viser au poil ! Quand c'est au début, comme dans *Si le grain ne meurt,* c'est commode, ou bien comme dans *Les Épées,* de Nimier... Mais le plus souvent, on est obligé d'avancer dans le texte... Voici un petit garçon tout à fait comme il faut pendant soixante pages, et à la soixante et unième, il monte au grenier et farfouille dans son caleçon : c'est ce que fait le narrateur dans la *Recherche* tout en digérant le poulet du dimanche : deux plaisirs valent mieux qu'un, mais ça tient en deux lignes... Quelquefois, l'auteur, surtout s'il parle de lui-même, se défend de s'être jamais abandonné à ce leurre, témoin Henri Brulard...

— ... ou Francion...

— Ah, Sorel ! un de tes chouchous ! Mais loin derrière Rousseau, ne l'oublie pas celui-là ! C'est le patron des masturbateurs en tout genre...

— Je te signale que ce n'est pas moi, c'est l'autre que cela intéresse, se défendit Frédéric pour éluder l'allusion meurtrière...

— C'est vrai, mille excuses... Cependant tu brûles de lui apporter ton aide... Tu devrais chercher aussi du côté d'Henri Calet : *La Belle Lurette* ou *Les Grandes Largeurs,* c'est mélancolique et charmant, ça devrait te plaire, à moins que tu ne les aies déjà lus...

— Non, fit-il, piteusement.

— Il y a aussi, bien sûr, *L'Apprenti* de Raymond Guérin et le poignant *Enfant de chœur* d'Étiemble... Je l'ai en livre de poche, je te le passerai...

C'était à croire que chaque fois qu'un garçon

paraissait dans un roman, il n'avait de cesse qu'il ne se fût épluché la zuchette avec une fureur répétitive. Pourtant, si Frédéric repassait dans sa tête quelques titres qui composaient jadis — le grand jadis — son infime bibliothèque, il ne rencontrait que de purs garçonnets que leurs élans naïfs n'excitaient pas à s'empoigner sans déport, comme Pierre Nozière, ou Riquet, le solitaire enfant à la balustrade dont il avait tant partagé les passions secrètes.

— Je vois un grand bouquin... essentiel... On ne le trouve que dans la Pléiade : c'est *Le Lieutenant-colonel de Maumort,* de Martin du Gard...

Frédéric avait dévoré *Les Thibault.* Il s'était trouvé, en profondeur, des points communs avec Jacques, allant même jusqu'à souhaiter de mourir comme lui.

— Il faut que je le lise ?

— Oui, mais prends ton temps... Tu devrais aller regarder au Centre Pompidou, il y est certainement...

Frédéric ni sa tante ne fréquentaient la « raffinerie Beaubourg ». Mamitate, qui s'était grippée de peinture sous la conduite de Delphine, n'avait pas pour autant entrepris l'escalade de la Modernité, au quatrième étage du Centre.

Beaubourg « faisait problème » pour le gouvernement. Le ministre de l'Intérieur ne pouvait souffrir que la piazza, sous le prétexte de créer un « courant d'animation », fût devenue le domaine réservé des saltimbanques, et depuis mai 68 il avait pris en grande aversion les cracheurs de feu. Tout cela participait de ce climat délétère et subvertisseur des bonnes mœurs qu'illustrait avec éclat un film italien dont l'évocation avait tiré des larmes de dégoût au chef de l'État, pendant le conseil du mercredi. L'on y pouvait suivre le parcours sulfureux d'un archange diabolique qui, après avoir perverti la mère, le père, le fils, la bonne, pénétrait dans la porcherie et enfilait le verrat, ce dont le ministre de l'Agriculture avait gémi.

Après s'être épuisé en représentations paternelles, l'homme de l'Intérieur avait « nettoyé » la piazza et voué aux matraques de l'ordre moral et souverain les bateleurs et les hallefessiers ; mais ils revenaient toujours.

Frédéric, qui était entré à deux seules reprises dans la bibliothèque publique, savait, lui vagabond des livres, ce qui l'en avait éloigné.

L'on avait souhaité d'ouvrir ce lieu aux autodidactes, aux rêveurs, aux bénédictins de l'astérisque. Il y avait des rêveurs, et qui dormaient. Quant aux fatrasseurs hirsutes, aux érudits abécédaires altérés d'un savoir sans obligation ni sanction, ils avaient dû rendre les armes aux piétons de l'Université. Finies la recherche désintéressée et quasi sans objet, la compilation infinie, la curiosité *déplacée !* Il fallait à coups de citations et de références, de mémoires et de thèses, se frayer la voie du diplôme grâce auquel on serait dispensé d'accroître ses connaissances. On ne lisait pas, on thésaurisait de la bibliographie. Deux ou trois grosses de lycéens ne faisaient pas scrupule de puiser dans l' « appareil critique » des médaillés de la Sorbonne. Quelle aubaine de pouvoir disserter de la jalousie dans l'œuvre de Marcel Proust sans être astreint à ouvrir la *Recherche !*

Après tout, Frédéric était là, lui aussi, pour aider à l'élaboration d'un mémoire ; ce qui n'interdisait pas de béer le long des rayons. Il s'arrêta pour tirer le roman de Louis Reybaud, *Jérôme Paturot à la recherche d'une position sociale,* dont Littré avait extrait un petit nombre de citations. Quel agrément y trouvait-il ? Frédéric l'ouvrit à la première page — pour une fois — et lut : « L'usage du bonnet de coton n'est pas une de ces institutions éphémères destinées à disparaître avec la civilisation qui les vit éclore. » Heureux temps !

Il trouva sans peine le gros roman de Martin du Gard, inachevé, semblait-il. Il fit la moue : Marie-Véronique avait omis de lui préciser qu'il s'offrait sous l'apparence de Mémoires, et Frédéric n'aimait pas les fictions où l'auteur use de la première personne.

Il chercha une place libre, qu'il avisa, face à deux jeunes filles un rien pouffeuses, ce qui leur attirait des « chut ! » réitérés.

Il était heureux que Frédéric n'eût à s'occuper que de l'enfance du personnage, car il ne concevait pas de venir à bout de cette somme, sinon par s'établir à demeure dans la bibliothèque. Il passa le prologue et entra dans le vif avec application.

La sexualité du héros avait été longue à s'enflammer, malgré les incitations d'un cousin glorieux de ses attributs et qui, tout nu, faisait l'y sur son lit sous l'œil d'un séminariste précepteur un peu à court de salive. Il fallait attendre que le jeune Maumort entrât au collège pour qu'un condisciple lui procurât pendant les cours d'allemand, par la poche déchirée du pantalon, l'écarlate plaisir des adolescents.

Frédéric, « retiré » du cours complémentaire dans sa treizième année, n'avait pas vécu, sous cette forme, une telle expérience. Un jour, simplement, le petit B., avec qui il confectionnait un herbier, s'était déboutonné pour lui faire admirer son roidi vitelot, sans invite particulière.

Ce qui remua Frédéric, ce ne fut pas l'évocation — complaisante ? — de ces privautés de collège, mais d'être renvoyé à son enfance villatique. C'était lui que Martin du Gard décrivait, tapi d'aguet dans les roseaux, près de la mare où trois fillettes s'ébrouaient nues ; jamais, pourtant, il n'avait épié petite ou grande personne. Il ne pensait pas non plus s'être hissé « parmi les panerées de légumes, les claies de fromages, les cageots de poulets », mais cela lui était, de longue mémoire, familier. Il avait baigné dans un ordre immuable et sans cesse recommencé. Quoi qu'il fasse ou veuille, il serait toujours un villageois.

Cependant, si le passé est irréfutable, ne peut-on préserver quelques purs moments ? Il n'était pas venu au monde à dix-neuf ans dans un vieil immeuble de la rue Saint-Merri, mais quelque chose demeurait, né de la fervente complicité avec son oncle, son cher Papiton, dans la paix auburnienne de leur Bibliothèque. Ces heures qu'il n'avait pas comptées, cette quête chimérique à travers le Dictionnaire, ces conversations dans le square de la tour Saint-Jacques autour du seul et même objet, ce *Tombeau de Littré*, issu de tout cela, oui, c'était là le meilleur de sa vie, et non pas... (« Qu'importait ! »)

Souvent, il se reprochait de négliger la mémoire de son oncle. Il allait sur sa tombe, trois ou quatre fois l'an, il pensait à lui, mais à l'improviste. Dans son besoin d'effacer ses pas, de clore chaque épisode comme s'il eût voulu faire de son existence une suite de moments étanches, il avait laissé Papiton s'éloigner, son image se dissoudre...

Oui, c'est à cela que Frédéric devait se consacrer . faire revivre ces minutes privilégiées où son oncle et lui conversaient sous les marronniers du square, indifférents aux piailleries des brèche-dents, et pleins de la fierté secrète de partager ce que nul ne pourrait leur ôter. « Bouvard vieux et Pécuchet jeune », ironisait tendrement Papiton...

Ainsi, voilà sur quels champs de batailles intérieures le lieutenant-colonel de Maumort l'avait conduit. Mais ils ne sont pas nombreux, quoi qu'on pense, les livres qui ont la vertu d'ouvrir au « bon » lecteur la voie qui changera sa vie.

Frédéric dit nargue aux masturbateurs à toutes mains. Cependant, quand il revit l'étudiant, qui le pria d'appuyer sur le bouton du café, il s'informa de l'avancement de ses recherches.

— Quelles recherches ?

— Celles que vous menez pour rédiger votre mémoire.

— Quel mémoire ?

— Mais... votre étude sur le rôle et la fonction de la masturbation...

— Ah, vous m'avez cru ? C'était une plaisanterie... Remarquez, avec tout ce qui paraît là-dessus, je ne manquerais pas de bibliographie ! J'ai d'ailleurs un gros bouquin, traduit de l'allemand, qui épuise le sujet... (Rire niais.)

(« Il a un ris de Saint-Médard ! »)

— ... et uniquement sur les auteurs français ! C'est à croire qu'on ne se branle pas chez les Buddenbrook ! Si ça vous excite, je vous le passe...

— Non, merci bien...

(« Celui-là, il peut tomber n'importe quoi dans son gobelet, je le laisserai se désemmargouiller ! »)

Mais sans l'étudiant blagueur, Frédéric se serait-il jamais intéressé au lieutenant-colonel de Maumort et, par conséquence, aurait-il pris la pieuse, l'impérieuse décision de ramener son oncle à la vie ?

Rien, tout soudain, ne lui parut plus urgent. Aussitôt le travail clos, et nulle Aline ne le pouvait plus retenir, il rentrait chez lui au galop, se muant, dans les couloirs du métro, en banlieusard cavalcadant.

Il lui fallait d'abord, non pas mettre de l'ordre dans cette masse de papiers anciens qu'il avait sanglés dans des chemises, mais retrouver tant soit peu l'état d'esprit où il avait baigné pendant tous ces jours où s'édifiait *Le Tombeau de Littré.*

Le Tombeau de Littré... Était-ce une œuvre? Frédéric n'était pas pour autant devenu romancier... Ce texte constitué de citations dérobées ne lui parlait plus; mais sa relecture lui fut bienfaisante : elle le rétablit dans sa précaire, dans sa vaine royauté d'écrivain privé.

Il y avait aussi le

DÉBRIBUS,

ce recueil de notations où il jetait ce qui lui passait par la tête en dépouillant le Dictionnaire, et dont il avait forgé le nom en contractant débris, détritus, et la locution de bibus. Il fut presque heureux de s'y replonger, et comme une « pensée » avait fait escale sous son crâne, il se plut à la transcrire :

Ce que nous désirons n'existe pas.

Il ne s'ouvrit pas à Marie-Véronique de son projet d'écrire ces « Conversations avec mon oncle ». Elle avait de lui quelques textes : un petit quatrain, composé, de chic, en mai 68, au retour d'une promenade sur les quais; une liste inachevée de qualificatifs insolites à l'usage des cons; et puis, surtout, la confession, qu'il se reprochait, parfois, de lui avoir laissée, où *il disait tout.*

Il soumit *Le Tombeau de Littré,* dont il l'avait entretenue, à son regard critique, mais amène. Elle ne cacha pas son émerveillement.

— C'est la tapisserie de Bayeux!... Je connais quelqu'un d'un peu particulier, aussi dingue que toi de dictionnaires, que ton œuvre ferait pâlir de jalousie, bien que pour lui ce soit un peu difficile...

— D'être jaloux ?

— De pâlir... C'est un Antillais... de Paris... Pour être plus exact, c'est le produit d'une Martiniquaise et d'un Indien... Indien des Indes, puisqu'il faut toujours préciser...

— Que ferait-il du *Tombeau de Littré ?*

— Je ne sais pas, mais sûr, ça l'exciterait ferme... Si tu veux, je te le présenterai...

— Merci bien ! Deux fous qui parlent de leur folie n'attrapent pas la sagesse ! Mais si tu veux, donne-le-lui, je lui en fais cadeau...

— On ne peut pas faire cadeau de quelque chose de si personnel, et qui vous a pris... tant d'années !

— Le travail, je veux bien, mais les années... le Temps, c'est une idée reçue, ça n'existe pas...

Il se mit à l'ouvrage, dans la paix nocturne de sa chambre, et Papiton surgit de toutes parts. Mais celui qui le concernait au plus près, c'était le bonhomme affectueux et bougon qu'il allait rejoindre dans l'enclos réservé aux enfants — ce qu'ils étaient — du square de la tour Saint-Jacques. Il lui apportait les cahiers où s'ordonnaient les exemples, et tous les deux, penchés sur les pages — non, Frédéric seul se penchait, étant myope, et son oncle, presbyte, tendait les feuilles presque à bout de bras —, évoquaient le grand Littré, dans sa vie familière ressuscitée d'entre les mots...

« Bouvard vieux et Pécuchet jeune » : on allait bien voir...

FRÉDÉRIC MOPS

Conversations avec mon oncle dans le square de la tour Saint-Jacques au sujet du Dictionnaire d'Émile Littré

Il n'est rien que les hommes ne soient capables d'entreprendre.

LITTRÉ.

Je m'assure qu'il serait de médiocre intérêt de rapporter ici, « sans rien omettre et sans prévariquer », les circonstances qui m'ont conduit à vouloir restituer une vie du lexicographe – à moins qu'on ne préfère le très laid « dictionnariste » – Emile, Maximilien, Littré, en me fondant sur les exemples non signés de son ouvrage monumental. Toutefois, si je veux poursuivre mon propos et me faire entendre, il me faut bien indiquer le point de départ.

Je suppose un lecteur attentif à ne laisser fuir aucun mot dont le sens lui est inconnu ou simplement douteux. Il fera comme bien l'on pense : toutes les fois que besoin sera, il consultera le dictionnaire, puis le remettra sans doute en place. Mais il peut advenir que notre amateur, baguenaudant parmi les exemples, se laisse prendre dans l'entrelacs des citations et subjuguer par les grandes voix de Bossuet, de Fénelon, de Montesquieu. Le lexique retentit pour lui de tous les accents que les orateurs sacrés, les poètes dramatiques, les grands élégiaques ont imposés au Verbe. Je ne sache pas qu'aucun autre dictionnaire que le Littré ait cet autoritaire pouvoir de séduction.

Je fus d'abord ce lecteur consciencieux qui ne voulait rien perdre. Quelques mots – non pas : une quantité – du vocabulaire de Rousseau, relevés dans les *Confessions,* m'avaient arrêté. Je ne savais – entre autres – ce qu'étaient un gressin, une crapaudine, une caillette, ni en quoi, belle innocence, consistaient les entreprises des chevaliers de la manchette.

Je priai mon oncle de m'autoriser à compulser un lexique. Il assentit à ma requête, sous la condition que cela s'effectuerait dans la Bibliothèque qu'il avait aménagée hors de notre appartement, au cinquième étage de l'immeuble.

Cette Bibliothèque était un lieu quasi sacré où je désirais fort de m'introduire. Mon oncle s'y claquemurait à cœur de journée et, non content, il transportait quelquefois dans le salon l'ouvrage qu'il n'avait pu achever. Je l'admirais s'y absorber, et je ne dirais pas qu'il lisait. Il se laissait aspirer par le texte, lequel, en retour, l'expédiait dans la Voie lactée. Il ne revenait sur terre qu'à l'instant où ma tante le sermonnait de passer à table.

Cinq mille ouvrages, que j'ai conservés tous, faisaient la joie révérencieuse de mon oncle. Il avait une dilection très visible pour les auteurs du XVIIIe siècle, dont Hamilton, qui me devint un bon compagnon. Je revois son visage, éclairé de l'intérieur, cependant qu'il semblait m'offrir tous les diamants du savoir et de l'imagination. Il me désigna les grands livres où je devais m'immerger, le bataillon noir et compact du Littré.

Je n'avais pas un grand usage du dictionnaire. Celui de ma petite enfance s'égayait d'illustrations :

planches de drapeaux et de papillons, maisons en coupe, châteaux forts, amériques... Au plaisir bien réglé d'apprendre s'ajoutait le goût des naïves évasions.

Je ne succombai pas au charme du Littré d'abord que je l'ouvris. Je me trouvai plongé dans un fleuve de lettres serrées qui ne charriait rien autre que des mots. Il me parut, de premier regard, impossible de débusquer la définition qui m'intéressait parmi cette abondance de citations où je courais grand risque de m'égarer. Mais je sentis un premier frisson quand je vis que la phrase même de Rousseau servait d'exemple au mot crapaudine.

Je pris bientôt plaisir à me perdre, comme dans un maquis, au milieu de ces buissons d'alexandrins, de sentences, de proverbes charnus et de dictons naïfs. Surtout, m'éblouissaient les « lambeaux de pourpre » arrachés à l'oracle du Dogme, le jupitérien Bossuet, dont je dois confesser que je n'ai rien lu d'autre.

Je n'écris que pour moi, et je connais la suite. Abrégeons. Ma recherche se dévoyait en musardise, mais avec quel plaisir. L'on n'imagine pas qu'un dictionnaire qui rebuterait plus d'un par sa tenue fâcheuse, une fois surmontée la toute première impression, exerce sur le lecteur de beau vouloir un si puissant empire.

Je broussai parmi les citations comme au travers d'un bois légendaire. Çà et là, je relevai des notations familières, des rappels historiques, voire de petites scènes prises sur le vif, et qui tenaient en une phrase. Données comme exemples au même titre que celles des bons auteurs, ces propositions ne portaient pas de signature. Je m'informai auprès de mon oncle – cela, je l'ai dit, se passait dans la Bibliothèque –, lequel m'apprit qu'elles émanaient de Littré lui-même. Je ne saisis pas tout de suite la raison pour laquelle, disposant de milliers de citations, le Lexicographe en fournissait encore de son propre fonds. Ce fut quand je tombai, à l'article « fille », sur cette phrase au ton d'action de grâces : « Le Ciel a comblé mes vœux en me donnant une fille », que je reçus l'illumination. Il me devenait éclatant que l'Homme du Dictionnaire faisait, en quelque sorte, référence à sa propre vie, et sur la confirmation qu'une fille était bien née, certain jour béni, au foyer des Littré, je pris sur-le-champ la résolution de dresser la nomenclature de ces fragments parasites – mais le lierre, parfois, ennoblit la maison...

Dans quel dessein? Je l'ignorais. Ce fut d'abord par curiosité débordante. Mais le but de ma recherche m'apparut dès que je colligeai les exemples. Oui, il était possible, en les ordonnant, de restituer la vie familière de Littré. Cette certitude me fit redoubler d'ardeur.

Je me livrai à cette quête de si strident appétit que je tombai en lipothymie. Je dus m'interrompre – une seule fois – et procurer un peu de relâche à mon crâne en combustion. Quand je revins m'établir dans la Bibliothèque, mon oncle avait désemparé la place. Je vis un ouvrage sur le Paris du XIXe siècle, grand ouvert à la page où était relaté le décès du Lexicographe, et je trouvai une fiche bibliographique qui me fournit de précieux repères.

Il me vint, dès ce jour, le soupçon, bientôt très ancré, que mon oncle avait eu le même projet que moi, et qu'il y avait renoncé; il me cédait la place afin que je pusse me déployer.

Je ne demandais rien de tel, et bientôt le regard de mon oncle me manqua, où je lisais une flatteuse approbation qui me confirmait dans le sentiment que rien ne devait me démouvoir de mon obstination d'abeille.

Assuré qu'il n'obligeait pas un velleitaire, mon oncle, de casanier qu'il était, devint promeneur, mais de petit calibre; au demeurant sa claudication ne lui permettait pas de longs déplacements. Il traversait notre quartier en diagonale, et gagnait le square de la tour Saint-Jacques, ou plutôt, l'enclos réservé aux enfants. Quand je sus qu'il se tenait là, je l'allai rejoindre.

J'apportais les cahiers d'écolier où je couchais avec une minutie dont il s'émerveillait toutes les prises que j'ennassais.

MON ONCLE

Si je te comprends bien, tu mets sur la page de gauche les exemples dont tu es sûr qu'ils se rapportent à la vie de Littré, et sur la page de droite ceux que tu crois ne pas lui appartenir...

MOI

C'est cela... Tu vois, les « mauvaises » citations commencent presque toutes par « cet homme »... C'est pour moi un sûr indice... Tu m'as dit quelque jour qu'il était probable que Littré était agnostique, et tu as ajouté qu'à ton sens sa conversion fut douteuse...

MON ONCLE

C'est mon sentiment... Tu as des arguments... écrits contre cela?

MOI

Je trouve que pour un homme qui vit dans l'indifférence du Ciel, il parle souvent de Dieu : regarde :

– Ma valence! ma belle valence!
– Vieux habits, vieux galons!
– La Sologne verte!

Ces cris hors d'usage faisaient douter la gardienne du square s'il n'était pas expédient de nous bouter hors de l'enclos.

Où mon oncle m'était précieux, c'était par sa connaissance de l'histoire et des littérateurs dits du « second rayon ». Par exemple :

MOI

Peux-tu m'éclairer sur Mme de Genlis?

MON ONCLE

Elle était la préceptrice des enfants de Philippe Égalité, pour mieux dire : Louis-Philippe, futur roi des Français, et sa sœur. Je crois qu'elle a composé un « Théâtre d'éducation » à leur intention. Elle avait une réputation justement établie de pédanterie. Je ne sais si c'est elle qui inspira à son élève ce principe d'idonéité dont il faisait parade...

MOI

Le mot est dans Littré, mais sans exemple. Il paraît faire grand cas des conseils qu'elle dispense ayant trait (comme ne dirait pas Voltaire) à la vie rustique. Nous apprenons que l'on obtient des fruits sans noyau en privant l'arbre d'une partie de sa moelle; qu'il faut frotter les essieux de vieux oing; et que l'on connaît si le mouton est gros en le tâtant à la queue...

MON ONCLE

Il me semble que la voiture de Louis-Philippe était bien graissée quand il a pris la fuite...

la cause des tensions qui règnent dans ce service... Nous allons y mettre bon ordre...

Tout, il était vrai, ne baignait pas dans l'harmonie, préétablie ou non. Tourny avait-il raison d'en chercher la cause dans une espèce de querelle des générations ? Frédéric, pour sa part, fut impressionné que l'on puisse de la sorte faire parler un graphique.

Il feuilleta, pour faire plaisir à Campas, *Le Principe de Peter* et tomba sur une liste d'affections dont les deux premières « intéressaient » le service : a) ulcère, b) colite : l'ulcère de Tourny, la colite de Campas. Ces troubles étaient, selon l'auteur, caractéristiques chez la personne « arrivée ». Mais pouvait-on prétendre que Tourny avait gravi le dernier échelon et que la colite de Campas n'était qu'un vain symptôme ?

Frédéric s'avisa que pour tirer profit — mais lequel ? — de cette lecture, il convenait d'assimiler le glossaire. Il ne voyait aucun intérêt à retenir des termes voisins du barbarisme, tels que mégaléophobie ou hypofifriophobie. Campas, peut-être, s'en amusait, qui pouvait dire, à son point de vue, lequel avait atteint son niveau d'incompétence ou était affligé de siglomanie. Mais Frédéric ?

Qu'est-ce qui donnait à ces hommes — Tourny, Campas —, enfermés dans leur spécialité, l'orgueilleuse assurance qu'il n'était point d'autre choix, pour devenir gens de méthode et d'organisation, que de se barbouiller de mathématiques ? Frédéric faisait figure de phénomène pour venir d'un tout autre horizon. Il était en voie de prouver que le « littéraire » dominait l'aride sujet qu'on lui avait imposé. Au lieu de « s'adapter », il s'ajoutait quelque chose. Cette conviction l'exaltait.

Il se trouvait, certain soir, d'humeur napoléonienne en rentrant chez lui, et il fredonnait des airs à texture fantassine, quand, ouvrant la porte, il vit dans le salon, qui semblaient l'attendre, deux personnes inconnues, une femme, la cinquantaine sèche, un enfant, blond hasardé, de dix, onze ans.

La femme fit un pas en avant et, plaçant le jeune garçon devant elle : « Bonjour, monsieur Mops, je suis venue vous amener votre fils. »

Dans les citations que chaque jour, dans cet enclos, je lui mettais sous les yeux, mon oncle puisait de quoi taquiner ma tante; c'était un de ces amusements innocents qui égayent la table. Il disait, par exemple : « Ma chère, ton pot-au-feu n'est qu'une élixation », ou « Prends garde de ne point chapeler cette volaille »; après un bon repas : « Nous avons fait un vrai repas de bernardins! » ce que ma tante comprenait à contresens. Je n'ai jamais vu mon oncle de si belle humeur que pendant tous ces jours où, l'un près de l'autre, nous « spéculions » le Dictionnaire...

Ce qui mettait mon oncle en rage, c'étaient les assauts que menaient contre le lexique les cuistres de tout tonnage. Il, empruntant ce verbe à Mme de Sévigné, furibondait. Je l'entends se déchaîner contre les Bouhours, Buffet, Caillères, Vaugelas, sinistres appauvrisseurs...

MOI

– ... auxquels il faut joindre Voltaire quand les vapeurs fuligineuses lui offusquent la rate. M. Arouet ne veut ni d'obtempérer ni d'ayant trait, mais il crée des monstres comme : anthropokaïe, pococurante, pantophile, linostole...

MON ONCLE

Cependant, nous lui sommes redevables du mot impasse. Mais je sais ton aversion pour le persécuteur de Rousseau.

MOI

Il crée en effet « impasse » parce que sa bouche délicate et pincée de mangeur de panades se refuse à dire cul-de-sac... Mais passons.

Je ne finirais pas à rapporter les grands et menus propos que mon oncle et moi avons échangés dans cet enclos, enfants que nous étions. J'en donnerai quelque jour de plus longs témoignages...

« Il faut faire vie qui dure », professe Littré. Je ne sais si mon oncle avait fait sienne cette injonction. Tout engagé dans une quête infinie, s'était-il persuadé qu'il en viendait à bout? Je le trouvai, un soir, foudroyé sur le grand livre ouvert.

« Je l'imagine Littré... » furent les derniers mots qu'il traça. La mort, « qui rompt l'assemblage du corps », suspend nos rêves dans l'Ether, et nous mourons inachevés.

Quelle image de Papiton eût reçue un improbable lecteur des « Conversations » ? L'aurait-il vu avec les yeux de son neveu, ou bien l'eût-il pris pour un excentrique d'un modèle particulier ?

Après avoir clos cette œuvre secrète, Frédéric s'était, pour la forme, posé quelques questions, d'un point de vue « extérieur ». Mais quelle importance ? Rien autre n'avait compté que le dessein de rassembler les seuls traits qui lui fussent essentiels. Il avait fait son devoir, et en avait eu du bonheur. Dans cette circonstance, il n'avait pas été « celui qui écrit pour d'autres ».

L'on aurait pu croire que cette activité des plus personnelles et prenantes aurait éloigné Frédéric de son labeur rémunéré. Au contraire, son zèle étonna, Tourny, d'abord, puis Campas, revenu de l'abîme, dans un état précaire. Il jouait les braves à trois poils mais faisait parfois le maupiteux. Il vint remercier M. Mops en s'asseyant sur la caquetoire.

— Vous avez été le premier à prendre de mes

nouvelles après mon opération... Tourny l'a fait, bien sûr, et Mullequin, mais pas Bussot... Celui-là...

On eût dit qu'il répertoriait des griefs dont les coupables auraient un jour à rendre compte.

— Je vous ai apporté *Le Principe de Peter,* comme promis... Feuilletez-le, comme ça, entre deux pyramides, deux ratios... Ce n'est pas trop dur ?

— Cela m'intéresse.

— C'est extraordinaire de voir comment vous, le littéraire, vous vous êtes adapté... Je peux vous l'avouer : au début, je vous imaginais mieux comme correcteur du Larousse que dans la peau d'un statisticien...

Frédéric, en effet, était entré dans le vif. Il les édifiait, ces petites pyramides ! Il utilisait des crayons-feutres de couleur : rose pour les dames, bleu pour les hommes. Quand il eut achevé la première, qui ne ressemblait guère à Chéops, à cause des classes creuses, il ne put, comme un écolier quémandant une récompense, s'empêcher d'aller, séance tenante, la montrer à Tourny.

— C'est très beau, presque trop... Maintenant, dites-moi, comment l'analysez-vous ? C'est bien la comptabilité clients ?

— Oui monsieur.

— Vous voyez, ici, en rose, donc du côté des femmes, il y a une surabondance de personnel entre quarante et cinquante ans, puis un trou, en descendant, et une douzaine de jeunes de vingt à vingt-cinq ans... Nous mettons le doigt, avec ce graphique, sur

Bien sûr, l'on trouve dans le dictionnaire de M. Littré, et les autres, quantité de mots, la plupart obsolètes ou déchus, pour signifier qu'un homme vient de recevoir un coup formidable — hélas, pauvre adjectif, où est passée ta force ?

Mais Frédéric n'était ni atterré, ni consterné, ni même étonné, c'est-à-dire frappé par la foudre : il était hors de son enveloppe.

Qu'est-ce que cela voulait dire ? Qui était cet enfant ?

— Je suis Mme Wimblet, voici Julien, votre fils, mais qui porte bien entendu le nom de sa mère, Catherine Chardin...

Catherine, l'amie d'enfance, chez qui le jour de l'enterrement de sa mère... Ah, mais ça ne collait pas ! Ce gosse il a quoi, dix, onze ans...

Il en perdait son français.

— Mais... quel âge a-t-il ?

— J'ai douze ans et demi, dit Julien, d'une voix douce et tremblée qui émut Frédéric.

— Qu'est-il arrivé à sa mère ?

— Elle est morte, la pauvre petite... C'est une

famille qui a eu beaucoup de malheurs : d'abord Mme Chardin mère, puis Catherine... Elle avait quitté le village... Elle était fiancée, mais le fiancé il a bien vu que Julien... C'est fou ce qu'il vous ressemble...

— Ça, tu ne peux pas le renier, intervint Mamitate, sur un ton enjoué qui aurait surpris Frédéric s'il ne s'était souvenu que sa tante avait souhaité le voir épouser Catherine.

— Bref, le fiancé l'a laissée... Elle est allée en ville, elle a trouvé du travail. Elle s'en sortait à peu près, avec Julien en nourrice...

— Et puis, j'ai été en pension...

— Elle lui disait que son père habitait Paris et qu'il le connaîtrait bientôt... Elle lui parlait souvent de vous... Elle lui disait même que quand vous aviez son âge, votre mère vous a rendu très malheureux...

— Je n'étais pas malheureux à son âge !

— Enfin, un peu après... Le petit, tellement elle lui disait que son père était quelqu'un d'extraordinaire, il voulait à tout prix que sa mère vienne vous trouver, mais bien sûr, Catherine refusait...

— Pourquoi ?

— Je ne sais pas au juste, je crois qu'elle avait peur que vous pensiez qu'elle vous forçait la main... Quand elle a commencé à être très malade, et puis quand elle a su que... enfin qu'elle ne s'en sortirait pas, elle m'a demandé de faire des recherches pour vous retrouver... Ce n'était pas très difficile, sauf que votre tante et vous aviez déménagé... J'ai gardé Julien un moment avec moi, mais vous comprenez, ce n'est pas mon enfant, et puis j'avais fait la promesse à Catherine... Je vous ai apporté ses petites affaires, il y a tout dans le sac...

Mme Wimblet, sa mission accomplie, prit congé rapidement, malgré l'insistance de Mamitate, et l'enfant resta seul aux prises avec sa nouvelle parentèle. Il n'avait pas lu un message de chaleureux accueil dans le regard de Frédéric, et il se tourna vers Mamitate.

— Comment il s'appelle le chat ?

— Littré.

— Ce n'est pas un nom de chat... Et toi comment je dois t'appeler ?

— Ton père m'appelle Mamitate, tu peux l'imiter.

— Mamitate... Oui, c'est amusant...

Frédéric ne sortit de son hébétude que pour choir dans une indifférence affectée. Qu'avait-il fait pour mériter d'être père ? Soit, ce gosse était le sien, mais cela ne le regardait pas. Il n'allait pas changer sa vie pour autant, etc.

Ce qui surtout l'affligeait, c'était que l'on eût évoqué devant Julien son enfance à lui, Frédéric, alors que lui-même n'en parlait jamais.

Il ne manquait plus que d'avoir le sentiment de Marie-Véronique. Qu'allait-elle dire ? Elle embrassa d'un coup d'œil les protagonistes et la situation, puis :

— Tu avais donc un fils ? Comment s'appelle-t-il ?

— Je m'appelle Julien.

— Tu ressembles beaucoup à ton père, et inversement... J'ai l'impression de voir Frédéric à ton âge...

Si je comprends bien, grand cachottier, tu as, une fois dans ta vie, quitté Rousseau pour Paul Bourget : nos actes nous suivent... Et toi, Julien, qu'est-ce que tu penses de ce qui t'arrive ?

L'enfant marcha vers Frédéric ébahi, passa ses bras autour de la taille de son père qui demeura ballant, et s'exclama : « C'est bon d'avoir un papa ! »

Que faire d'un fils ?

Agrippé par cette vaine question, Frédéric demeurait stupide. Il ne trouvait de remède ou de consolation ni dans la poésie, où l'on croise moins souvent des pères putatifs que des voleurs syphilitiques, ni dans le travail, par trop quotidien.

Il suffit donc d'une nuit d'amour à l'aveuglette pour que, douze ans plus tard, un gosse vous tombe dessus ? Comment cela se pouvait-il ?

Tout, pourtant, s'ordonnait au mieux. Il avait assimilé quelques principes essentiels d'analyse statistique dont il s'étonnait presque d'avoir pu, jusqu'alors, se passer ; sa vie familiale était plane, entre Mamitate, Marie-Véronique et le chat Littré ; en cas de besoin, il poussait la porte d'une brasserie, près de l'Hôtel de Ville, et la clé du plaisir lui était glissée (il avait même en vue une serveuse de secours, remarquée au comptoir d'un bar-tabac, rue Montmartre) ; et voilà qu'un enfant de Melchisédech venait tout subvertir !

Plus, il y avait : ce fils de hasard dérangeait les habitudes que Frédéric était près d'embrasser. Il comptait se mettre à la profonde lecture des grands auteurs du XVIIIe siècle. Comment se faisait-il qu'il passât, aux yeux de certain-certaine, pour un disciple de Rousseau alors qu'il n'avait pas encore ouvert l'*Émile ?*

Tiens, au fait, ce traité d'éducation ne pouvait-il lui servir ? Mais non, son fils n'avait aucune part dans ses projets d'accomplissement.

Frédéric était bien le seul à se travailler la cervelle. On eût dit que Mamitate n'attendait que la venue de Julien pour déployer à nouveau l'ardeur pugnace qu'elle avait en certaines occasions si bien manifestée. Adieu tièdes après-midi fleuris de bavaroise ! Il fallait, toutes molles affaires cessantes, prendre en charge l'enfant tombé des nues. Quelque part sans doute était-il écrit que son neveu et sa descendance devaient, par décret d'en haut, débarquer chez elle, un jour ou l'autre.

Aidée par Marie-Véronique, elle aménagea, dans le vaste salon même, un coin-retraite où le jeune garçon serait à l'aise. Il dormirait, pour l'instant, dans le canapé transformable ; plus tard, c'est-à-dire demain, elle lui achèterait un lit avec un bon matelas. Elle ferait poser des rayonnages, un lavabo, etc. Julien buvant son avenir aux lèvres de Mamitate était près de battre des mains. Tout cela se fit sans la moindre assistance de Frédéric, qui saisissait *Le Temple de Cnide* ou *Le Diable boiteux* et se retirait sur le mont Pagnote

Il n'avait pas à craindre que son fils empiétât sur son domaine. Je lui ai fait le bec, dit Mamitate. Julien savait qu'il ne devait pas s'introduire dans la Bibliothèque sans la permission de son père, et la permission... Mamitate décrivit son neveu comme un enragé de lecture, ce dont l'enfant s'avisa dès le premier jour.

— Tu sais quel est son livre préféré ? Le Dictionnaire, le Littré il le connaît par cœur...

— Littré, comme le chat ?

— Oui, c'est ton père qui l'a baptisé...

Marie-Véronique demanda l'inscription de Julien en classe de sixième : il avait du retard. Frédéric dut remplir un dossier, ce qui le fit gémir, mais c'était le moindre qu'il pouvait faire.

Il eut un peu honte de se dérober à s'occuper de son fils. Il croyait se revoir, bras ballants, pensif comme un radis creux, alors que Julien l'entourait déjà de son affection : « C'est bon d'avoir un papa... »

Frédéric avait le cœur effusif, si parfois sa tête s'ennuageait. Il se gourmanda d'avoir si mal répondu à cet élan. Que lui avait fait ce petit, sinon de naître, comme tout le monde, par hasard ? Il ne pouvait laisser aux deux femmes tout le soin de dessiner l'avenir de son fils. Admirable coup de dés ! Il avait fallu que le compagnon de Marie-Véronique fût assassiné et que Delphine peignît des pains de campagne pleurant des larmes de sang pour que Frédéric devînt père ! Certains n'y auraient vu qu'une coïncidence sans objet, mais Frédéric, lui, n'ignorait pas que ce n'est jamais en vain que les choses cessent d'être immobiles.

Julien, au demeurant, ne regardait pas Marie-Véronique comme une amie de la famille : elle en faisait partie, mais à quel titre ? Il se hasarda à questionner son père, en confidence :

— Marie-Véronique, c'est ta fiancée ?

— C'est... ma meilleure amie...

L'enfant discernait qu'un lien plus fort unissait ces deux personnages dont il ignorait tout il y avait si peu de temps ; un soir

— Marie-Véronique et toi, papa, vous vous êtes connus où ?

— Au Quartier latin, pendant les événements de mai 68, répondit la jeune femme...

Julien repoussa, machinalement, le gras du jambon au bord de son assiette, puis :

— Qu'est-ce qu'il y a eu en mai 68 ?

— J'aimerais bien revoir maman, dit Julien, en penchant la tête.

Il s'amusa de l'effarement qu'il avait provoqué :

— Pas maman... maman Simone...

C'était la nourrice qui l'avait pour ainsi dire élevé, et dont il conservait dans son petit portefeuille une photographie en noir et blanc, craquelée, cornée. Assistante maternelle, selon la dénomination en vigueur, les bambins l'appelaient « tata », sauf deux ou trois, dont Julien, qu'elle avait gardés plus longtemps.

— Je suis parti sans lui dire au revoir... Elle sait même pas que j'habite ici...

— Si tu veux, dit Frédéric, nous pouvons lui envoyer une lettre.

— C'est pas pareil, c'est pas aussi poli...

Deux soirs plus tard :

— Maman Simone, qu'est-ce qu'elle a dû penser de moi...

— Je crois, glissa Marie-Véronique, suavement hypocrite, qu'il va falloir y aller.

Frédéric réfléchit qu'une sortie avec son fils aurait

peut-être d'heureuses conséquences sur la suite de leurs relations. Il s'inclina : c'était l'affaire d'un samedi. Julien ne lui ressemblerait pas : il s'attacherait aux choses du passé.

Ils durent se lever tôt ; le ciel s'annonçait gracieux, et fluide la lumière : le joli temps pour un pèlerinage...

Dans le train, l'enfant se rendormit, sans dodeliner, bouche entrouverte. Frédéric refusa de s'attendrir.

Ils descendirent en gare de C., où le père, quelque quatorze ans plus tôt... Maman Simone habitait un pavillon ancien, près de l'école primaire ; derrière la maison, une cour servait de terrain d'ébattement. Ils arrivèrent à pied, presque à l'heure du déjeuner. Frédéric avisa un restaurant à l'enseigne du *Chapon Fin*.

— Nous pourrions peut-être y aller, après notre visite, suggéra-t-il...

— Si tu veux, répondit Julien, machinal.

Ils sonnèrent : c'était un vieux timbre, plein de points de suspension.

— Elle le fait pas remplacer pour que ça réveille pas les petits quand on sonne pendant la sieste, précisa Julien.

Maman Simone elle-même vint ouvrir ; elle resta béante :

— Frédéric !

Il la reconnut, mais à la voix ; Julien s'ébahissait.

Elle embrassa le père, puis l'enfant :

— C'est ton fils en somme ? J'aurais dû deviner...

J'ai passé mon temps à me demander à qui il ressemblait : c'était pourtant pas sorcier, il n'y a qu'à vous regarder tous les deux l'un à côté de l'autre...

Simone, Simone Gerzeau... Quel âge avait-elle ? Cinquante-neuf ? soixante ? Elle était déjà nourrice, au village, et Frédéric, avant tous les événements qui avaient fait bifurquer sa vie, allait souvent la voir le jeudi car, singulièrement, à cette époque, il aimait la compagnie des bébés. Il l'avait revue à l'enterrement de sa mère auquel assistaient la moitié des habitants, par vaine badauderie.

— Ça c'est vrai que le monde est petit ! Qui aurait pu s'imaginer, etc.

Simone bavardait, monologuait plutôt, tout en s'occupant de ses moutards, leur enfournant la jolie purée, la bonne viande hachée.

— Je n'en ai que deux le samedi... la semaine, c'est quatre, quelquefois cinq... Alors Julien, tu ne parles pas beaucoup, ça te plaît la vie à Paris, ça doit te changer, toi qui, etc.

Grimés au yaourt, les petits se harpaillèrent sur le carrelage. Frédéric les sépara.

— Tu sais — la tutoyait-il autrefois ? —, Julien voulait absolument te revoir, quand il est parti, il n'a pu venir te saluer...

— C'est gentil... J'espère qu'il sera comme son père...

Julien se montrait impatient, ils prirent congé.

Au restaurant, devant son « deuxième plat préféré » — le poulet-frites — l'enfant s'engourdit de silence, mais il mangea de bon appétit. Quand ils furent au dessert, il regarda fixement son père, et se décidant :

— Je ne croyais pas que maman Simone était si vieille

— Que faisons-nous maintenant? Nous avons trois heures à dissiper..

— Puisque nous sommes là, on pourrait aller sur la tombe de maman...

— Mais... elle est enterrée au village!

— On a le temps, on n'a qu'à prendre le car...

Oui, il suffisait de prendre le car. Mais le retour au village, c'était le surgissement du passé, les mauvaises routes de l'enfance, le champ de coquelicots où jadis, puis naguère, Catherine et lui...

— Après tout, pourquoi pas?

Frédéric avait moins acquiescé au souhait de son fils que fait litière de ses craintes. Abolir, exorciser tout cela...

Le joli temps pour visiter les morts... Il évita la tombe de Mme Mops, inhumée près de son mari, héros de la Résistance. Mamitate l'entretenait, deux fois l'an. Catherine Chardin... Tout à coup, les larmes lui jaillirent, si brusquement que l'enfant prit peur :

— Ne pleure pas comme ça, papa, s'il te plaît..

Elle lui avait dit, avec sa douce naïveté : « On aurait pu être heureux ensemble. » Qu'est-ce qui l'avait empêché de répondre à cette humble attente?

Quelle affaire d'extrême importance le sollicitait, plus fort que ce patient amour d'enfance ?

Il la revoyait s'avançant vers son lit, d'une marche glissée de ballerine, pour venir sceller la promesse d'union qu'ils avaient tacitement échangée, jadis, dans le champ de coquelicots, en se donnant l'un à l'autre un plaisir au-dessus de leur âge. Maintenant, il était là, sur sa tombe, avec leur fils, et il ne pouvait retenir ses larmes.

Ils sortirent du cimetière par la petite porte qui ouvrait sur un chemin déshonoré de ravines, comme autrefois, après l'enterrement de sa mère ; Catherine le tenait, serré...

— Tu veux mon mouchoir, papa ? demanda Julien d'une petite voix.

— Oui, s'il te plaît...

— Où elle était la maison de maman ?

— Là-bas, au bout de la route, à la limite du village... La mienne se trouvait... elle se trouve toujours en contrebas...

Ils marchèrent jusqu'à la grand-place, devant l'église. Au centre s'élevait la statue d'un homme public à belles bacchantes, qui ressemblait à Flaubert. Julien lut l'inscription : « A Firmin Chevallet, maire et bienfaiteur de la commune. 1866-1938. »

— Qu'est-ce qu'il a fait comme bienfaiterie ?

— Il vaut mieux dire bienfaits, c'est plus simple... Je crois que la maison de retraite qui porte son nom a été construite à ses frais... Tu sais, cette statue, elle a une histoire pour moi... Quand j'avais onze, douze ans, je lisais un roman qui s'appelait *L'Enfant à la balustrade...* C'est l'histoirc d'un garçonnet solitaire qui se crée les chimères de son âge et dont les rêves sont un peu battus en brèche... L'amusant, c'est que dans ce livre il y a un docteur qui s'appelle Troufleau et que nous avions aussi, dans le village, un docteur Troufleau : je m'imaginais qu'ils étaient parents. Tout à la fin du roman, Riquet, c'est le nom du héros, apostrophe la statue d'Alfred de Vigny. Et un soir, j'ai fait comme lui : je me suis planté sous le nez de Firmin Chevallet... — Frédéric s'approcha du maire bienfaiteur, — ... et je lui ai lancé sans raison valable : « Que voyez-vous ? que voyez-vous ? vous qui avez l'air d'être au-dessus de nous ! »

Julien partit à rire :

— Ça devait être drôle !

Depuis longtemps, sans doute, Frédéric avait envie de conter cette anecdote. Il trouvait aujourd'hui le seul interlocuteur possible.

Ils croisèrent une vieille lourpidon, tout en noir ; l'enfant saisit la main de son père.

— Elle te fait peur ?

— Non, je veux qu'on sache que je suis ton fils...

(« Jusqu'à quand resteras-tu petit garçon ? »)

— Je voulais te demander quelque chose papa... Mais tu réponds seulement si tu en as envie...

— Demande...

— Qu'est-ce qu'elle a fait ta mère pour te rendre malheureux ?

(« Tout dire à ceux que l'on aime. »)

— Elle m'a enfermé dans une cave pendant six

ans... Tu vois, elle croyait que j'étais voué au diable, elle désirait me préserver...

— Elle était folle ?

— Elle s'était composé une religion personnelle, je ne saurai jamais comment elle était venue à cette dévotion excessive...

— Tu es resté enfermé pendant six ans ? Tu n'as pas essayé de t'échapper ?

— Elle m'avait attaché avec des chaînes... de petites chaînes... mais c'est vrai que si j'avais voulu, j'aurais pu m'enfuir...

— Pourquoi tu n'as pas voulu ?

— Tu comprends, j'avais accepté mon châtiment... Je pensais qu'étant ma mère, elle avait le droit de me punir ainsi... Mais la vérité... « la vérité vraie »...

— Continue papa...

— Cette cave était pleine de vieilleries dont la plupart avaient appartenu à mon père. Je trouvai parmi ce bric-à-brac le seul objet qui pouvait me retenir : un livre...

— Un dictionnaire ?

— Non... Je devrais dire : plusieurs livres : les aventures de Gargantua et de Pantagruel, dans la langue d'origine, celle de Rabelais...

— Oh, Rabelais, je connais ! Un jour le maître nous a fait lire l'histoire des moutons de Panurge, mais dans le français de maintenant.

— Moi, ce fut dans le texte du XVIe siècle... Au début, bien sûr, je ne saisis presque rien... Je me suis obstiné... pendant six ans ! Quand les gens du village m'ont fait sortir de cette cave, j'avais presque oublié la langue d'aujourd'hui, je parlais en Rabelais... Personne ne me comprenait...

— Qu'est-ce que tu disais par exemple ?

— Je suppose, des phrases comme : « Que me veult cette peaultraille de belistrandiers ? » ou : « Suis-je faict comme la serpilière d'un ord et sale huillier ? »

— J'aurais voulu voir la tête des gens !

L'enfant serra plus fort la main de Frédéric :

— Pauvre papa...

(« Mais tu ne sauras jamais à quels jeux impurs se livraient ta mère et ton père quand ils avaient onze et treize ans... »)

— Et quand tu es venu à Paris pour vivre avec Mamitate, tu parlais encore en Rabelais ?

— Un peu : c'était comme des réflexes... J'avais dans la tête des noms de nourritures : je voulais manger de la fouace, des darioles d'Amiens, des godebillaux, de l'andouille navrée... Un jour, Mamitate m'a apporté de la fouace... C'est curieux à dire, je ne l'ai pas reconnue... Ce n'était pas la fouace de Gargantua... Je crois qu'il faut que nous allions à l'arrêt du car... Quelle heure tiens-tu ?

— Cinq heures dix... Pourquoi tu ne portes pas de montre ?

— Je n'aime pas avoir des cercles autour des poignets : j'en ai eu pendant six ans... Tu me donneras toujours l'heure quand je te la demanderai ?

— Toujours... Toute ma vie...

Frédéric sentit ses yeux lui piquer.

— Tu sais papa, je crois que ce n'est plus la peine que nous revenions ici : tu as des mauvais souvenirs...

— Ce sont à peine des souvenirs... Mais tu as raison : nous ne reviendrons plus...

La marche du train scandait pour Frédéric une ballade de Claudel :

Nous sommes partis bien des fois déjà, mais cette fois-ci est la bonne...

Ne savez-vous pas que je suis une ombre qui passe...

Nous ne reviendrons plus vers vous.

Quatorze ans plus tôt, un petit grimelin de cinq ou six berges tout chaffouré de chocolat s'était endormi contre Frédéric. Aujourd'hui, c'était son fils : qui pouvait croire qu'il était dans sa treizième année ? Il l'installa plus commodément, l'entoura de son bras gauche ; l'enfant lui saisit la main, qu'il embrassa, puis la pressa contre sa joue. Frédéric, frissonnant de tendresse, le contempla quelques instants sommeiller, et murmura dans sa tête : « Le Ciel a comblé mes vœux en me donnant un fils ! »

Frédéric était entré dans sa troisième année de burellenie, et ne s'en étonnait point. « Aussi bon père que bon citoyen », il travaillait pour élever son fils et payait ses impôts sonica. Julien s'épanouissait mais ne rattrapait pas son âge. Il souffla treize bougies pour son onzième anniversaire : c'était ce qu'on lui donnait. Frédéric s'en réjouissait presque. Il appréhendait le moment où il lui faudrait mettre en garde son héritier contre... contre quoi au juste ? Lui, à vingt ans passés, seul dans sa chambre, rue Saint-Merri, il s'abandonnait encore aux « libations de la solitude » ; mais il avait des excuses. Afin de le guérir de ce libertinage délétère, Papiton lui avait donné à lire, tiré de l'« enfer » de la Bibliothèque — mais la clé était sur la porte —, l'ouvrage du docteur Tauchard, qui décrivait les atroces ravages que provoquait l'abus de soi-même. Julien, si petit garçon, ne laissait pas soupçonner qu'il s'y adonnât.

Deux semaines avant que ne résonne la cloche des vacances, une nuée de mouches frondeuses s'abattit sur les services de la comptabilité. Toujours plus ou moins réfractaires au contrôle de leur temps et de leur labeur, les employés s'étaient émus de bruits concordants ; des menaces de licenciements perçaient. Depuis deux ans, ils jouaient au pendu, et on leur cachait les lettres qui les sauveraient de la corde. Ce personnel réputé d'heureuse composition se mit à gronder sourdement. Il exigea d'être éclairci : à quelles fins véritables tendaient ces fiches de travail qu'il remplissait à contrecœur, mais avec conscience ?

Tourny délégua Mullequin qui professa, sentencieux :

— Il ne faut pas attendre qu'une situation conflictuelle se développe, car les choses deviennent vite irréversibles.

Pourquoi Mullequin ? pensa Frédéric. Question vaine : Campas, sous les reproches bastonnants, se fût affalé comme un vieux cordage.

Sans doute allergique au vétyver, les employés renvoyèrent le mitron et réclamèrent le boulanger, qui déféra à leur désir. Tourny fut plus convaincant, usa de séduction, mais lâcha la bride à quelques mots sans muselière — conjoncture, mobilité — qui parurent chargés de mauvaise pluie. Il annonça qu'il n'était plus nécessaire, désormais, de remplir les fiches, objet du ressentiment. Le personnel en conclut que les jeux étaient faits, et qu'il lui fallait camper sur sa vigilance.

Frédéric emporta dans sa valise l'amer sentiment d'avoir contribué à mettre en place un système de chausse-trapes. Tourny, le manipulateur dénoncé par la voix populaire, l'avait joué.

Toute la famille s'embarqua pour la plage normande où, l'année de la grande sécheresse, Frédéric s'était desquamé avec son amie ; sauf Mamitate qui voulait jouir du bucolique Paris du mois d'août, mais elle vivait sur une impression surannée ; et Littré, qui fit un grand festin de mouches.

Julien fut aussitôt très courtisé. Deux fillettes l'accaparèrent, un peu trop frétillonnes au goût de Frédéric. Dix jours passés, le jeune garçon cessa tout commerce, et demeura le plus souvent auprès de Marie-Véronique, à tracer dans le sable des silhouettes de dirigeables.

Elle le questionna doucement : il haussa les épaules.

— Elles sont folles, elles veulent que je me baigne tout nu avec elles.

Ils avaient loué — cher — un grand appartement ; chacun dormait chez soi. Frédéric fut pris d'un grand revif de tendresse pour son amante du joli mois de mai ; si bien qu'un matin, Julien, surgissant, les surprit assez entremêlés. Il les considéra, sévère :

— Cela ne se fait pas de coucher ensemble quand on n'est pas mariés, lâcha-t-il en s'enfuyant.

— Ton fils, commença Marie-Véronique, rieuse...

— ... est chiant !

— Ce n'est pas ce que j'ai voulu dire...

L'enfant reparut tout aussitôt :

— Et puis, si vous étiez mariés...

Il laissa suspendue cette phrase conditionnelle, et regagna sa chambre.

— Tu crois, pouffa Marie-Véronique, qu'il va

revenir une troisième fois pour nous demander de lui faire une petite sœur ?

Frédéric soupira. Ils s'interrogèrent : avaient-ils perturbé l'enfant ? Mais il avait treize ans ! Il allait au lycée : n'en disons pas plus ! Devaient-ils donner dans l'hypocrisie ? Ce n'était pas dans leur nature... Julien rendit son rôle d'enfant-la-pudeur après la première audition. Il vint, le matin suivant, se glisser entre eux, embrassa son père, et câlina Marie-Véronique dans le cou. Cette image presque édifiante lui convenait sans doute assez pour qu'il achevât son propos, tourné vers la jeune femme :

— Et puis si vous étiez mariés, je pourrais t'appeler maman...

Cela réglé, il ouvrit la main gauche, qu'il avait gardée serrée :

— J'ai perdu une molaire, dit-il à Frédéric. Je ne crois plus à la souris : donne-moi dix francs...

— Baisse-toi de mon côté, répondit son père.

Quand il ôtait son pantalon, Frédéric répandait les pièces qui étaient dans ses poches. Julien les ramassa, compta : « C'est comme si j'avais perdu trois molaires », triompha-t-il.

L'enfant reprit langue avec ses petites amies, au déçu de Frédéric. Il ne pouvait s'interdire d'imaginer son fils livré aux mains perverses des fillettes. Mais Julien ne s'éloignait pas ; il passait le plus clair du jour à raconter des histoires ; les rires fusaient dans le ciel et se prenaient aux ficelles des cerfs-volants.

Un soir où une queue d'orage avait fait fuir les derniers baigneurs, ils restèrent seuls, tous les trois, sur la plage. La mer jetait à pleins naseaux sa bave spumescente. Debout dans le jour faillant, Julien toisait la vague. C'était une belle image, la plus belle des vacances, et Frédéric en fut ému.

Oui, c'était peut-être cela, « la vraie vie »...

... regarde-moi qui change,
Après tant d'orgueil, après tant d'étrange
oisiveté...

Mais Frédéric n'en était pas convaincu.

Il fallut reprendre le travail, et les choses n'allaient pas du meilleur train. Ce n'était plus la grogne, c'était la sédition. Agroupés autour de leurs délégués, les employés résolurent, dans un chahut d'invectives, de ne se remettre dans les brancards qu'ils n'eussent obtenu des garanties formelles. Frédéric, que personne ne songeait à montrer au doigt, prit la couleur des murailles. Sommé de se justifier à nouveau, Tourny capitula : point de « reclassements », point de « transferts », on revenait à « la case départ », etc. Il n'en eut pas l'air affecté : « Que voulez-vous, dit-il à M. Mops, les gens sont des enfants... »

Frédéric comprit surtout qu'il avait travaillé pour rien. Que lui servirait de savoir construire une pyramide des âges, ou calculer un ratio d'absentéisme ? Cela le rendit d'humeur atrabile. Alors que sa vie s'était ordonnée, qu'il était devenu membre à part entière de la société, etc

Devait-il partir ? Il roula cette question plusieurs jours de suite, et ne savait que décider, quand quelqu'un, au téléphone...

— Je vous envoie mon chauffeur, samedi matin, à huit heures. Je vous attendrai chez moi...

C'était le Prince Pelée.

Julien supportait assez mal les voyages en automobile. Mais l'ébahissement de se trouver dans une voiture étincelante et de marque inconnue, conduite par un chauffeur en livrée, lui fit pour un temps dédaigner son malaise.

Ils allaient tous voir le Prince Pelée, à la seule exception de Mamitate qui tremblait que son neveu, désormais chargé de famille, ne se laissât séduire par une chimère extravagante.

Deux heures de grande et belle route les mirent aux portes d'un village de l'Ile-de-France, qu'ils traversèrent soigneusement. Il fallut encore s'engager dans une voie moins carrossable pour aboutir à la demeure du Prince, lequel vint les accueillir sur le perron.

Il marqua sa surprise de voir Frédéric accompagné, outre Marie-Véronique, d'un enfant, pour l'heure assez pâle.

— Je présume de la ressemblance que c'est là votre fils...

— C'est mon fils...

— Il me semble un peu crayeux, nous allons y remédier.

Le Prince glissa deux mots au chauffeur, qui entra dans la maison du maître.

— Accordons-nous de respirer un peu, en l'attendant.

— Votre chauffeur, dit Marie-Véronique, ce n'est pas le majordome que vous aviez habillé en Louis XVIII ?...

— Ah, vous avez la mémoire des visages... C'est bien lui, en effet. Mais il n'est rien de plus prosaïque que notre époque, et ce qui s'assortissait à mon hôtel du hameau de Boulainvilliers serait ici hors de saison.

— Je crois cependant, dit Frédéric, que pas mal de familles nombreuses s'accommoderaient de votre castel.

— Mais mon jeune ami, je suis d'une famille nombreuse ! Dont j'héberge, nourris et fournis de travail ou de capitaux plusieurs membres.

Le chauffeur reparut, tenant un verre à demi rempli d'une boisson grise.

— Tenez, dit le Prince, buvez ceci... c'est un peu indien, d'une efficacité sans exemple, et cela possède même des vertus apéritives...

Julien s'exécuta sans hésiter.

(« Il donne trop vite sa confiance. »)

— Ce castel, comme dit Frédéric...

(« Tiens, c'est la première fois qu'il m'appelle par mon prénom. »)

— ... est d'ailleurs un bien de famille dont je ne

puis disposer de ma seule autorité, sans quoi, croyez bien...

Il fit un geste émondant et rasant.

— Il me semble que notre petit ami a repris couleur... rien à craindre au retour...

Julien, qui s'éberluait, ne répondit pas.

— J'aimais mieux votre jardin du hameau, dit Marie-Véronique, celui-ci est plus vaste, mais...

— Mais ordonné comme un prêtre... Il ne manque que des amours bandant mignardement leurs arcs et des biches en stuc... Ah, ce n'est pas le parc de Canterel ! Je ne puis rien faire, je vous l'ai dit... Assez babillé, la table est dressée, suivez-moi...

Ils pénétrèrent dans la salle à manger, assez grande pour que l'on y pût jouer à la paume.

— J'ignorais que vous eussiez un fils... Les enfants ne sont pas des gourmets : qu'est-ce qui vous ferait plaisir ?

— Du poulet et des frites, dit Julien, et après...

— ... du riz au lait, compléta Frédéric, mais ne vous mettez pas en peine.

— Ce n'est rien, vous allez avoir cela.

Il semblait que des ombres serves se tenaient incessamment prêtes à exécuter des ordres transmis par gestes. Julien fut servi avec une promptitude qui l'émerveilla.

— Ce n'est pas comme au restaurant, dit-il.

— Je me demande, lança Frédéric au Prince, pourquoi vous avez des habitudes dans des brasseries où l'on donnerait cher pour avoir les recettes de ce qui nous est servi ici...

— Mais parce que je préfère avoir des habitudes au-dehors plutôt que chez moi ! D'ailleurs, je ne veux plus de chez-moi ! La mer, la mer !... Allons voir *Le Navire Argo !*

Le Prince, quittant la table fiévreusement, entraîna ses hôtes dans une pièce vide à l'exception, mais combien notable ! d'une maquette de quelque trois mètres.

— Le voici ! Il est achevé ! Je ne peux plus tenir ! Dans sept semaines, de La Rochelle où je suis né, nous appareillerons... Je ne doutais pas jusqu'aujourd'hui que vous seriez des nôtres... mais vous avez un fils... Où vous cachiez-vous jeune homme ?

— Je ne me cachais pas, protesta Julien.

— Vous savez, si votre père embarque, vous pourrez revenir ici autant que vous le désirerez, et même y séjourner, je donnerai des instructions... vous serez traité comme un prince, et je sais de quoi je parle...

— Tu veux partir, papa ?

— Je ne sais pas...

— Il est beau ce bateau..

— On dit navire... Je vous ferai construire une maquette plus réduite... Cher ami, il me faut votre réponse dans huit jours... téléphonez-moi

Au retour, l'on tint conseil ; à quoi Mamitate, voyant quel en était l'objet, s'abstint de participer. Mais elle connaissait son Frédéric, et à quel point il était accessible à toutes choses qui prenaient à ses yeux la couleur du Destin. Julien vit qu'à cause de lui son père balançait.

— Tu regretteras si tu ne pars pas... Et puis quelques mois c'est rien... Ne t'en fais pas pour moi... J'ai Mamitate... J'ai Marie-Véronique...

(« Hélas, mon cher fils, nous n'avons personne. »)

— Fais ce que tu veux...

Frédéric sourit : il se rappelait avoir écrit sur un mur de la Sorbonne, certain après-midi de mai : FAIS CE QUE VOUDRAS...

Le surlendemain, il téléphona : il serait à bord du *Navire Argo.*

Je démissionne pour la première fois de ma vie, pensa Frédéric. Que dois-je faire? Il n'était pas précisé dans la convention collective si l'on devait, par déférence, respect des usages établis, etc., instruire son chef de sa décision avant de la rendre officielle. On ne trouvait pas non plus de modèle de lettre, mais Frédéric n'en prenait souci. Fallait-il indiquer le motif? Rien n'y obligeait : les convenances personnelles feraient l'affaire.

Frédéric jugea de bonne courtoisie d'informer Tourny de vive voix.

— Est-ce à cause des... « fâcheux » événements de ces derniers temps? Mais rien n'est joué...

— Non, monsieur, je vais m'engager dans une autre voie...

— Dites-m'en plus...

— Je vais... naviguer.

— Ah, j'y suis! Avec le Prince Pelée, j'imagine... Il est parvenu à le faire construire, son bateau... Comment s'appelle-t-il?

— *Le Navire Argo.*

— L'argot? Vous ne serez pas à votre affaire,

vous qui défendez bec et ongles la pureté de la langue...

— Il ne s'agit pas de langage, monsieur, mais...

— Je vous taquinais, veuillez m'excuser... Je sais bien que nous parlons du navire de Jason... Je vous félicite... Je ne doute pas que vous nous rapporterez de beaux récits, et le jour où je verrai votre nom à la devanture d'une librairie, je ne dirai pas que je vous ai eu sous mes ordres, je dirai que j'ai eu l'honneur de vous avoir connu...

Frédéric ne décela pas à Campas le motif de son départ, mais son départ n'étonna point Campas.

— Je pensais bien que vous ne résisteriez pas indéfiniment au flot statistique : vous avez craint d'être emporté...

— C'est cela, les vagues sont traîtresses.

Frédéric rédigea sa lettre et la posa sur le bureau de Tourny. Dans moins d'un mois, compte tenu de ses jours de congé, il aurait dépouillé l'employé de bureau.

Il eut le temps d'admirer comment Tourny se rétablissait, que certains, ravis de sa chute, voyaient déjà rédigeant des rapports par quarante degrés à l'ombre. Il est vrai, comme disait Campas, que lorsque l'on a l'oreille du directeur général... L'on pouvait tenir pour certain que des coupes claires allaient se produire dans quelques services, surtout, pure coïncidence, ceux où la révolte s'était déclarée. Frédéric se félicita de n'être plus, à quel titre que ce fût, partie prenante dans cette affaire.

Arriva le dernier jour, il ne ressentit pas de

serrement de cœur. C'était un trait singulier de sa nature que cette faculté de sceller chaque chapitre. Dans sa vie, point de résumé, et la mention « à suivre » ne figurait nulle part. Il entra chez Tourny, désinvolte, sans frapper. Le chef était absent, et Frédéric aperçut que le dernier tiroir de son bureau était ouvert. Il vit des dossiers, les souleva, tomba sur une chemise où étaient inscrits son nom et la mention « Personnel ». Il n'hésita pas : après tout... Elle contenait, premièrement, un fac-similé de l'épreuve de vocabulaire qu'il avait subie : il avait fait une erreur au mot « pollinie » qui n'était pas un papillon de nuit ; deuxièmement, une note du psychologue, qui après avoir analysé son écriture le dépeignait sous les traits d'une espèce d'aboulique à qui aucun travail suivi ne pouvait être confié. Tourny avait barré cette exécution d'un trait rouge, et écrit : « Faux », et ajouté au crayon : « Garçon exceptionnel, mais à quoi cela tint-il ? » Frédéric ne fut pas mécontent d'avoir été une énigme pour son chef.

Il avait passé trois ans de sa vie dans cet immeuble de verre et d'acier, appris à devenir méthodique, vécu avec une jeune femme une passion plus suceuse que dévorante, et à mesure qu'il entrait dans le nouvel épisode de son roman personnel, il sentait que tout cela s'effilochait, ne comptait plus, n'avait jamais compté, comme ces rêves papillonnants dont il ne subsiste que la sensation d'avoir rêvé.

Frédéric n'aurait pu dire — comme la pluralité des Français — combien de jours avait duré le siège de La Rochelle. Mais il savait que dans les derniers temps les feuilles de la scrofulaire aquatique servirent à panser les plaies des protestants ; il le savait parce que cette notation figure dans le Dictionnaire à l'article « siège ».

Que lui resterait-il après plusieurs mois — plusieurs années ? — de navigation de ces milliers de définitions qui l'habitaient encore ? Quinze ans de sa vie s'étaient écoulés parmi les mots ; ils avaient informé sa substance et donné du prix à son « étrange oisiveté ». Il en perdait chaque jour l'usage.

Il avait possédé quelques dizaines de termes qui relevaient du vocabulaire maritime ; la plupart avaient égaré leur sens.

Frédéric savait encore ce qu'étaient un dalot, des écubiers ; mais plus ce que désignait un chicabaud, ni si l'on disait de la mer qu'elle était patouilleuse, si l'on courait toujours la bouline, si certaines fois les vents étaient au conseil...

Dans dix jours, il monterait à bord du *Navire Argo;* il s'installerait dans la cabine de l'écrivain : quelle affaire, quand on y pensait !...

Il conservait dans son arrière-mémoire l'image du prélat sans pardon qui, campé devant les tours, réduisait les assiégés à se nourrir de rats faméliques : ce cardinal cuirassé portait-il un casque ? La grosse chaîne, aux pieds de Frédéric, avait-elle barré l'entrée du port ? Il en connaissait la provenance : elle avait servi à assujettir Pantagruel dans son berceau.

Il aurait pu, pour son instruction, visiter le musée ; il s'en abstint. De toute façon, le Prince n'ignorait rien de l'histoire de La Rochelle.

Frédéric s'étonna que *Le Navire Argo* fît l'objet de grands articles dans les quotidiens régionaux. L'on préparait le public à la fête du départ, et le Prince était présenté comme un nabab « dont les excentricités ont souvent défrayé la chronique ». Mais, en contrepartie, la construction du navire avait procuré de nombreuses heures de travail, et l'on pouvait passer à son propriétaire quelques écarts tapageurs. Quant à la route que devait suivre le bâtiment, l'on s'en taisait, comme de sa destination. Frédéric se demanda à quels excès — dans quels pays — le Prince s'était impudemment livré. Il se jura bien, lui, de passer inaperçu.

Mais quand même, il avait sa fierté d'appartenir à l'équipage de ce navire déjà à demi légendaire. On ne disait rien des hommes, et c'était tant mieux. Qu'auraient écrit les journalistes s'ils avaient su que les matelots étaient des puits d'histoires ?

Dans l'hôtel — modeste — où Frédéric était descendu, il n'était qu'un M. Mops en villégiature, poli, discret, se couchant tôt. Il ne prenait pas son petit déjeuner dans sa chambre par égard pour Christelle, la serveuse. Disait-on serveuse ? Ce point ne serait pas éclairci.

Christelle portait cheveux courts, talons plats ; son maquillage était trop vif, et Frédéric, s'il avait osé, lui eût conseillé de l'alléger. Mais il voyait bien qu'elle n'était pas là pour plaire aux gens de passage.

Il ne put tenir de se taire un peu valoir ; un soir, tandis qu'elle desservait :

— J'aimerais vous demander, mademoiselle...

— Vous pouvez m'appelez Christelle...

— Tout le monde vous appelle Christelle, ce qui est naturel, mais parfois sur un ton dont vous auriez sujet de vous formaliser... J'aimerais donc, mademoiselle, vous demander si vous assistérez au départ du *Navire Argo*, mercredi prochain...

— Je ne pourrai pas, il appareille de La Pallice...

(« C'est vrai, un navire ne part pas, il appareille... »)

— ... mon service ne me le permettra pas... Vous y serez ?

— J'y serai, en effet, mais à bord.

Elle reposa, de saisissement, son plateau :

— Vous êtes matelot ? Je ne l'aurais jamais cru !

— J'appartiens à l'équipage, mais pas pour la manœuvre... Il vaut mieux que je ne m'en mêle pas sinon nous devrions réparer avant que d'être sortis du port... Je tiendrai l'emploi d'écrivain... Je m'occuperai des registres que le Prince Pelée me confiera... Je ferai la relation du voyage...

— Ah, comme ça, je comprends ! Écrivain, ça vous ressemble davantage... Il n'y a qu'à vous écouter parler...

Il odora une possible bonne fortune, mais qui ne pouvait prendre corps. Christelle, son service terminé, sautait dans sa petite automobile et filait chez elle, à la campagne. Il crut cependant l'affaire réalisable quand, le samedi soir, elle se pencha sur lui :

— Demain, c'est mon dimanche... si vous voulez, j'ai quelque chose à vous proposer.. voilà... je n'habite pas La Rochelle...

— Oui, je m'en suis aperçu...

— Je ne suis pas très loin... je vis avec ma famille...

(« Zut ! »)

— ... j'ai une sœur, deux petits frères... J'ai parlé de vous à mes parents, ils aimeraient bien vous connaître... Si ça vous dit, venez passer le dimanche à la maison, et lundi matin, je vous ramènerai...

(« Dans ce cas, peut-être que... »)

J'espère que ça ne vous ennuie pas de dormir avec un petit garçon de cinq ans... Il n'est pas remuant du tout...

— Nullement, grimaça Frédéric... J'accepte volontiers votre invitation...

L'on partit donc, le dernier dimanche avant le lâcher-tout, pour :

— Aytré, c'est une petite commune...

— Je vous demande pardon, pouvez-vous m'épeler ?

— A, Y, T, R, E... Cela vous dit quelque chose ?

— Je connaissais le nom...

(« Aytré, quelle habitude as-tu perdue ? »)

Toute la famille accueillit le navigateur : le père, la mère, Hélène, huit ans, Bastien, six, Ludovic, cinq.

— Je suis heureux, Ludovic, de savoir que tu dors comme une toupie.

— Ça dort pas les toupies !

Ami des usages, Frédéric avait apporté un grand sac de merveilles (« La collation fut composée d'échaudés, de merveilles », J.-J. Rousseau), et tout une série de brimborions et de colifichets que la mère partagea entre les enfants. Ils adoptèrent aussitôt Frédéric. L'on pique-niqua dans l'herbe humide : « L'herbe n'est jamais sèche à La Rochelle, il pleut souvent », dit la mère. Mais le temps se maintint, les pluies elles aussi étaient au conseil. Frédéric fit jouer les gosses à cache-tampon, car « le cache-tampon, dit Littré, amuse beaucoup les enfants », à pigeon vole, à M. le curé n'aime pas les os, à cornichon-va-devant, aux propos interrompus...

— Qu'est-ce que tu connais comme jeux ! dit Ludovic, que, pour finir, Frédéric porta sur son dos en criant : « Au bon vinaigre ! »

Il n'aurait pas dû : le temps d'un soupir, il se retrouva dans une allée d'un vieil hôpital, avec pour cavalier un garçonnet pâle en robe de chambre.

Le soir, Frédéric tint suspendue la famille par

l'évocation des demeures du Prince Pelée, chargées de meubles anciens, griffés de noms fabuleux.

— Il doit être colossalement riche, dit le père qui, s'apercevant que les petits montraient le blanc de l'œil, les expédia coucher.

C'était la fin d'un beau jour, à la Jean-Jacques ; restait à savoir s'il apporterait à Frédéric le ragoût d'une étreinte. Christelle lui montra la chambre où Ludovic, dans un lit de grande personne, faisait des rêves de papillon. Il s'allongea près du petit garçon, et resta éveillé, dans l'attente illusoire de la voir reparaître, en chemise et un doigt sur la bouche ; mais en vain, et il s'endormit.

L'on ne pense pas à faire l'amour à minuit quand on doit se lever à cinq heures, comprit-il quand Christelle, à l'aube blanchissante, vint le toucher à l'épaule ; il obéit, mélancolique.

— J'espère, dit-elle, roulant vers La Rochelle, que cela vous fera un joli souvenir...

— Très joli... Je vous promets de vous envoyer de mes nouvelles à la première escale...

Cette sortie dans une famille inconnue le rendit triste. Il promena son vague à l'âme sous les arcades, et n'y trouva point de réconfort. Au crépuscule, il était à l'extrême bord des larmes. Il dîna en ville, ne voulant pas produire une face de carême devant Christelle, et monta dans sa chambre aussitôt revenu, où son humeur « d'animal dépravé » ne se dissipa guère. Lui aussi, il avait une famille, réduite, mais c'était la sienne. Qu'aurait-il fait dimanche ? Aurait-il pique-niqué avec son fils et Marie-Véronique dans le bois de Vincennes ? Non, sans doute. Julien avait épousé son quartier, et il n'aimait rien tant que rôder les rues, comme son père autrefois, qui l'accompagnait rarement et qui, redoutant les dangers concevables et impossibles, demandait à Mamitate de ne point le quitter. Mais c'était surtout Marie-Véronique, pourtant peu « sortante », qui se chargeait de lui.

Las de tisonner des cendres, Frédéric se coucha et rêva de singes à cul rouge, ce qui était mauvais signe. Il se réveilla plus triste encore. Mardi matin : « allaient-ils » venir ? Bien sûr, ils ne l'avaient pas oublié, comment serait-ce possible ? mais ils le boudaient, ils le punissaient de les avoir abandonnés. Quelle idée de partir ainsi ! Fallait-il qu'il renchérît sur sa propre décision et qu'il décidât de s'installer en éclaireur quelques jours avant l'appareillage ? Il s'était ennuyé, il s'était gonflé d'importance dans le dessein de séduire la serveuse, il avait passé tout un dimanche à divertir des enfants qui ne lui étaient de rien... Mais d'ailleurs, qui parlait de départ ? Renoncer, il était encore temps ; revenir près des siens ; mener la seule vie qui vaille : celle d'un père de famille qui veille sur son fils et cherche à le rendre heureux, oui, renoncer...

Il marchait vers la porte quand deux coups résonnèrent. Christelle, sans doute inquiète de ne l'avoir pas vu... Elle montait le petit déjeuner... Il ouvrit :

— Hourra ! Hourra ! pour le hardi navigateur !

clamèrent en chœur Marie-Véronique et Julien qui avaient dû répéter.

Ils lui montrèrent les vêtements d'apparat qu'ils avaient achetés pour cette occasion seule : casquettes rouges, chemises rouges, pull-over rouge...

— Nous nous mettrons au premier rang, tu ne verras que nous.

— On ne parle de rien d'autre que du *Navire Argo,* s'émerveilla Julien.

— Tu sais, le Prince Pelée est un peu l'enfant du pays, répondit Frédéric, qui sentait poindre chez son fils la fierté que son père fût partie prenante de cette expédition...

Ils se promenèrent sous un ciel sans la moindre effilochure : mais non, il ne pleuvait pas toujours à La Rochelle. On entendait murmurer le nom du navire qui demain prendrait la mer.

— Je devrais leur dire que toi aussi tu es un membre de l'équipage, fit Julien.

— Surtout pas !

Ils dînèrent aux chandelles dans un restaurant du port. Julien à tout propos éclatait de rire : c'était une image à emporter...

La dernière conversation, le soir, dans la chambre d'hôtel, l'enfant dormant...

— Laisse le Prince se jeter à la mer s'il en a envie, mais toi reviens...

— Je suis sûr qu'il ne jettera pas même ses livres...

Quand je pense que nous ne sommes pas en train de parler... Que rien jamais n'a eu lieu entre nous...

— Tu pourrais expliquer...

— C'est simple : nous n'aurions pu nous rencontrer qu'au mois de mai 68, et tu sais qu'il ne s'est rien passé en mai 68...

Les matelots montèrent à bord sous les vivats : c'était le blanc *Navire Argo,* surtout, que l'on acclamait. Frédéric tenta de se glisser mais il eut droit à sa part d'applaudissements. Il resta sur le pont, il vit au premier rang les taches rouges des deux qu'il aimait et qu'il quittait pour une chimère qui donnerait un sens... mais à quoi une folie peut-elle donner un sens ?... et tandis que le quai s'éloignait avec la foule clameuse et multicolore qui bénissait le navire sous l'envol captif des mouchoirs, Frédéric murmura, pour lui seul : « La vie, quand même, quelle farce ! »

DU MÊME AUTEUR

Aux Éditions François Bourin

LA NAVIRE ARGO, *1987, (Folio, n° 2040)*

CLOWNERIE, *1988*

LES PERSISTANTS LILAS, *1990*

Impression Brodard et Taupin,
à La Flèche (Sarthe),
le 12 avril 1991.
Dépôt légal : avril 1991.
Numéro d'imprimeur : 6895D-5.

ISBN 2-07-038373-3 / Imprimé en France.

52446